AF189946

Angie Pfeiffer
Omas zauberhafte Geschichten

Für Charlotte, Lia, Leo und Max und für alle Enkelkinder, die mir noch geschenkt werden.
Ich bin unheimlich stolz und glücklich darüber, Eure Oma sein zu dürfen.

Angie Pfeiffer

Omas
zauberhafte Geschichten

Deutsche Erstausgabe 2017
© by Angie Pfeiffer
Copyright-Hinweis:
Die Texte sind urheberrechtlich geschützt.
Nachdruck und Vervielfältigungen, auch auszugsweise,
bedürfen der schriftlichen Zustimmung der Autorin.
© 2017
Herstellung und Verlag:
BoD – Books on Demand, Norderstedt.
ISBN 9783746034195

Alle Geschichten gibt es auch einzeln als Print - oder
E-Book zu kaufen

Drache Edi
und
das Geistermädchen

Vor langer Zeit

lebten Drachen und Geisterwesen in Frieden miteinander. Eines Tages beschlossen die Drachen, einen magischen Kristall zu erschaffen. Die Geister erfüllten diesen Kristall mit dem gebündelten Silberlicht des Mondes. Sie hofften, dass so Glück und Frieden für immer herrschen würden.

Den Kristall brachten sie auf einen Berg, der auf seiner Spitze ein Plateau hatte, in dessen Mitte ein großer Felsbrocken stand. Darauf befestigten sie den magischen Kristall.

Weil der Kristall viel Schaden anrichten konnte, wenn er in die falschen Hände geriet, wurde durch einen Zauber festgelegt, dass nur ein Drachen und ein Geisterwesen zusammen ihn entfernen konnten. Doch das war nur alle fünfhundert Jahre möglich, weil dann die Sterne genau richtig standen.

So befand sich der magische Kristall der Macht viele Jahre auf dem Berg und erleuchtete die Nacht mit seinem sanften Schimmer. Aber einmal im Jahr, zur Sommersonnenwende, leuchtete der Kristall ganz besonders hell. Dann veranstalteten die Drachen zusammen mit den

Geisterwesen ein großes Fest. Sie versammelten sich auf dem Plateau und tanzen die ganze Nacht hindurch miteinander.

Viele Jahre vergingen in Frieden und Eintracht, bis ein Zauberer von der riesengroßen Macht erfuhr, die der Kristall verleihen konnte. Weil er ein Geisterwesen war, überredete er einen Drachen den Kristall zusammen mit ihm zu stehlen, denn es waren gerade fünfhundert Jahre vergangen.

In der Nacht des großen Festes schlichen sich die beiden auf den Felsen, um den Kristall in ihre Gewalt zu bringen. Sie wurden entdeckt und der Kristall gerettet.

Als Strafe verurteilten Drachen und Geisterwesen den Zauberer dazu, sein Dasein als Schattenmann zu fristen. Aus dem untreuen Drachen wurde sein Diener, der schwarze Drache. Beide wurden dazu verdammt, für immer in der Dunkelheit zu leben.

Doch bevor die Nacht sie verschlang, belegte der Schattenmann den Berg mit einem bösen Fluch. Niemals wieder sollten sich Drachen und Geisterwesen hier begegnen. Auch säte der Schattenmann Zwietracht, sodass sich Geister und Drachen misstrauten und nichts mehr miteinander zu tun haben wollten ...

 **Edi ist wütend**

Edi war so wütend, dass er Funken sprühte.
Wieder einmal hatten die Eltern ihm verboten,
am großen Fest auf dem Drachenberg teilzu-
nehmen. Jedes Jahr war es das Gleiche. Immer
meinten sie, dass er zu jung dazu wäre.
„Aber ich bin doch schon vierundfünfzig", hatte er gesagt. „Wie lange soll ich denn noch
warten?"
„Du bist immer noch ein Drachenkind, Edi",
hatte die Mutter geantwortet. „Wenn du
schnell wächst, dann können wir in zwanzig
Jahren darüber reden. Aber vorerst bleibst du
zu Hause. Oma Elfride passt auf dich auf, wie
immer."
Edi hatte mit dem Fuß aufgestampft. „Das ist
so unfair! Oma will immer nur, dass ich leise
bin. Nicht einmal Zielfeuerspucken darf ich,
wenn sie hier ist. Und früh schlafen gehen soll
ich dann auch."
Der Vater hatte bisher geschwiegen, jetzt
schaltete er sich ein.
„Sohn", grollte er. „Widersprich deiner Mutter
nicht. Du bist zu jung für den Drachenberg

und damit basta. Es tut dir gut, früh schlafen zu gehen. Dann wächst du nämlich schneller", fügte er milde hinzu und tätschelte Edi den Kopf.

Da wusste Edi genau, dass es zwecklos war, weiter zu bitten. Auch in diesem Jahr würde das große Drachenfest ohne ihn stattfinden.

 ## Ein besonderer Nebel

„So nicht", grummelte Edi vor sich hin, warf einen großen Stein in die Luft und versuchte ihn mit einem Feuerstrahl zu treffen. Auch das gelang ihm heute nicht, was kein Wunder war.

„Knapp vorbei", sagte eine quietschige Stimme hinter ihm.

Edi drehte sich verblüfft um, doch er sah niemanden.

„Ich stehe genau hinter dir", quietschte es vergnügt.

Beim genauen hinschaute sah der kleine Drache einen zarten Nebelschleier, der sich vor ihm hin und her bewegte. Er hob vorsichtig die Pfote und versuchte den Nebel mit einem Finger anzustupsen. Schnell zog er ihn zurück, denn es quiekte wieder, dieses Mal mit einem Kichern.

„Nicht piken, das mag ich nicht. Ich bin nämlich kitzelig am Bauch."

Edi ließ die Pfote sinken. „Wer bist du denn? Und überhaupt, warum bist du so nebelig?", fragte er verwundert.

„Ich bin ein Geist", wisperte es aus dem Nebel. „Jetzt, bei Tag bin ich so gut wie unsichtbar, aber sobald es Nacht wird, kannst du mich prima sehen. Dann habe ich auch alle meine Kräfte. Ich bin nämlich sehr groß und habe niemals Angst. Also sein vorsichtig mit dem Anstupsen, du Drache."

Edi überlegte. Dies war also eines der Geistwesen, über die es hieß, dass sie böse und gemein wären.

„Hüte dich, mein liebes Kind. Diese Geschöpfe haben nichts Gutes im Sinn. Ehe du dich versiehst tun sie dir etwas an. Also gehe ihnen besser aus dem Weg", hatte Oma Elfriede erst letztens mit Grabesstimme gesagt.

Allerdings fand Edi, dass dieser Nebel nicht besonders bedrohlich aussah und auch nicht so klang. Probehalber hob er die Pfote, aber der Nebel wich ihm geschickt aus.

„Ob du besonders groß bist weiß ich nicht, aber ich glaube nicht, dass du böse bist, obwohl meine Oma gesagt hat, dass alle Geisterwesen gemein sind."

Der Nebel waberte empört. „Von wegen. Alle Drachen sind böse und gemein. Das weiß doch jeder. Man kann ihnen nicht trauen", hier stockte der Geist. „Aber ich finde du siehst lustig aus und kein bisschen fies", fügte er hinzu.

„Lustig?", fragte Edi ein bisschen beleidigt, denn so wollte er eigentlich nicht aussehen. Eher groß und mächtig, wie ein erwachsener Drache. „Sieh dich vor, ich kann mich gut wehren. Aber wenn du mir nichts tust, dann tue ich dir auch nichts."

„Ich bin ganz friedlich, außer du kitzelst mich", wisperte der Geist mit seiner Quietschstimme. Das stimmte Edi versöhnlich. „Wie alt bist du?", fragte er neugierig.

„Ich bin schon dreiundfünfzig Jahre alt", sagte der Geist, und das hörte sich ziemlich stolz an.

„Pah, ich bin älter", stellte der kleine Drache fest. „Also kannst du gar nicht größer sein als ich."

Dieses Mal klang der Geist etwas kleinlaut. „Bin ich, ehrlich gesagt, auch nicht. Ich bin ein ganz klein wenig kleiner als du, aber das siehst du erst, wenn die Sonne untergegangen ist."

„Wieso bist du überhaupt am Tag unterwegs?", erkundigte Edi sich neugierig. „Ich dacht, dass ihr Geisterwesen am Tag schlaft und erst am Abend munter werdet. Jedenfalls hat das meine Oma Elfriede auch noch über euch erzählt."

„Deine Oma hat Recht. Eigentlich müsste ich schon längst schlafen. Ich bin auch hundemüde. Aber ich will unbedingt zum Blocksberg. Dort wird in drei Nächten ein großes Fest abgehalten. Geisterwesen von überall her treffen sich dort und feiern. Auch meine Eltern. Sie haben mir in diesem Jahr schon wieder verboten mitzukommen. Sie haben gesagt, ich wäre noch ein Kind und soll wenigstens zwanzig Jahre warten. Dabei bin ich schon lange alt genug."

Der Geisternebel hatte sich während des Erzählens auf einen großen Stein gesetzt. Das sah komisch aus. Wie eine große Schäfchenwolke, die auf einem Stein lag.

Edi spitzte die Ohren, denn dem kleinen Geist schien es nicht anders ergangen zu sein als ihm.

„Na ja, da bin ich einfach abgehauen und habe mich auf eigene Faust auf den Weg zum Blocksberg gemacht. Weißt du, ob es noch weit bis dort hin ist?"

Edi zuckte mit den Schultern. „Ich habe keine Ahnung wo der Blocksberg ist und ob es noch weit dort hin ist. Aber ich kann dich gut verstehen. Ich wollte so gern mit meinen Eltern zum Drachenberg. Dort wird nämlich in drei Nächten auch ein Fest gefeiert, zu dem alle Drachen von nah und fern kommen. Aber auch meine Eltern haben gesagt, dass ich dazu zu jung bin. Wo ich doch sogar ein Jahr älter bin als du!", stellte Edi entrüstet fest.

Der Geisternebel erhob sich. „Warum machst du es nicht wie ich und schleichst dich heimlich weg? Wir können ein Stück gemeinsam gehen, denn der Blocksberg und der Drachenberg liegen nicht weit von einander entfernt. Das habe ich gehört, als meine Eltern einmal darüber geredet haben. Sie dachten ich schlafe schon, aber ich habe gut aufgepasst. Zusammen finden wir bestimmt den Weg besser. Du zum Drachenberg und ich zum Blocksberg."

„Das ist eine gute Idee", stimmte Edi zu. „Aber wenn ich jetzt sofort verschwinde, dann merken meine Eltern das ganz schnell. Ich würde nicht weit kommen. Ich kann mich erst davonstehlen, wenn sie schlafen. Wenn du so lange wartest, dann begleite ich dich gern."

Der Geist klatschte in die Hände, jedenfalls hörte sich das so an. „Ich bin sehr müde und wollte mir sowieso einen gemütlichen Schlafplatz suchen. Das mache ich jetzt auch. Wir treffen uns heute Abend wieder. Ich heiße übrigens Alf und du musst ganz bestimmt keine Angst vor mir haben."

„Ich bin Edi und habe überhaupt keine Angst vor dir. Schließlich bin ich ein mutiger Drache, der vor gar nichts Angst hat. Du kannst mir ganz bestimmt vertrauen." Der kleine Drache wandte sich um. „Ich will mal lieber zurück zu unserer Höhle, bevor sie mich vermissen. Bis heute Abend. Ich komme bestimmt."

„Bis nachher. Ich freue mich, dass ich einen Weggefährten gefunden habe, auch wenn es ein Drache ist. Aber jetzt muss ich schlafen", gähnte Alf.

 ## Eine gelungene Überraschung

„Hallo, bist du hier?", rief Edi leise und sah sich suchend um. Es war zwar Nacht, doch erhellten der Mond und die funkelnden Sterne die Umgebung, sodass er gut sehen konnte.

„Ich bin schon hier, hinter dir."

Dieser Geist schien die Angewohnheit zu haben sich immer von hinten anzuschleichen. Edi drehte sich um. „Aber ... aber ... du bist ja ein Mädchen", stotterte er.

„Wieso nicht", kicherte Alf. „Hast du etwas dagegen? Schließlich bist du von oben bis unten ganz grün. Das ist merkwürdiger, als ein Mädchen zu sein."

„Nein ... ich meine ... ja ... na ja." Edi schaut noch einmal genauer hin. Vor ihm stand ein kleines Mädchen mit langen, silberfarbenen Haaren und großen, himmelblauen Augen.

Es hatte ein unförmiges, silbrig schimmerndes Ding an, das ihn an einen Sack mit Ärmeln erinnerte und das Mädchen ganz einhüllte. Nur die Arme und die Füße guckten heraus.

„Ich habe nur nicht damit gerechnet. Überhaupt bist du nicht besonders groß für dein

Alter. Jedenfalls bin ich viel größer als du. Bist du wirklich dreiundfünfzig Jahre alt? Und wieso heißt du Alf, ist das nicht ein Jungenname?"

Das Geistermädchen legte den Kopf schief und schaute ihn einen Augenblick lang an.

„Weißt du was, das Beste wird sein, wenn wir uns schon mal auf den Weg machen. Wir müssen immer dem hellen Stern dort oben folgen, dann kommen wir zum Blocksberg und wahrscheinlich auch zum Drachenberg. Ich bin etwas von Weg abgekommen, weil ich auch tagsüber weitergegangen bin. Das habe ich gemacht, damit meine Eltern mich nicht doch noch finden. Dann ist es nämlich für die nächsten fünfzig Jahre aus mit dem Fest auf dem Blocksberg. Ach was, dann kriege ich bestimmt fünfzig Jahre Stubenarrest. Deshalb muss ich ihnen beweisen, dass ich alt genug bin, um allein zum Blocksberg finde."

Hier schwieg das Mädchen. Wahrscheinlich war ihm beim Reden die Puste ausgegangen.

„Du quasselst ziemlich viel, was", merkte Edi an, während er neben dem Geistermädchen her trabte.

„Das sagen meine Eltern auch. Dabei stimmt das gar nicht. Ich muss nur immer so viel erklären. Apropos erklären. Ich bin eigentlich dreiundfünfzig dreiviertel. Also fast vierundfünfzig Jahre alt, genau so wie du. Eigentlich heiße ich auch nicht Alf. Das ist eine Abkürzung für Alfinella. Du musst zugeben, dass dies ein ziemlich langer Name ist und überhaupt nicht zu mir passt. Deshalb möchte ich, dass

mich jeder Alf nennt. Also hüte dich davor, mich Alfinella zu nennen. Das mag ich gar nicht und werde dann schrecklich böse."
Alf erzählte noch dies und das, während die beiden dem hellen Stern folgten.

 **Auch ein Drache braucht mal Pause**

Alf und Edi gingen die ganze Nacht, und Edi hörte geduldig zu. Als der Morgen graute machte es ihm weder etwas aus, dass Alf ein Mädchen war, noch dass sie so viel redete und eine ziemlich quiekige Stimme hatte.

„Was meinst du? Sollen wir noch weitergehen? Es dämmert schon. Bald können wir den hellen Stern nicht mehr sehen", fragte er schließlich. Aber eigentlich war er müde und hätte gern ein wenig geschlafen.

„Stimmt. Es ist besser heute Abend weiterzugehen, sonst verlaufen wir uns noch und finden den Blocksberg nie", nickte das Geistermädchen. „Wir sollten uns einen Schlafplatz suchen. Bestimmt sind wir weit genug weg. Auch deine Eltern finden uns nicht mehr."

So legten sich die beiden in das weiche Moos unter einen Baum.

Als Edi vor dem Einschlafen noch einmal blinzelte, merkte er, dass das silbrige Gespenstermädchen sich wieder in eine zarte Nebelwolke verwandelt hatte, die sich dicht an ihn kuschelte.

Er wachte erst auf, als die Sonne schon tief stand. Die Nebelwolke neben ihm reckte sich. Alf wurde also auch gerade wach.

„Es wird Zeit, dass die Sonne endlich untergeht, ich habe nämlich einen Riesenhunger", nuschelte sie noch ganz verschlafen.

„Was hat dein Hunger mit der Sonne zu tun?", fragte Edi neugierig.

Alf kicherte. „Das weißt du natürlich nicht. Wir Geisterwesen ernähren uns von Mondstrahlen. Wenn der Mond schön voll und rund am Himmel steht, kriegen wir einen prima Silberschimmer, weil wir dann ganz satt werden. Sag mal, was esst ihr Drachen eigentlich so?"

„Wir essen nicht so oft und schon gar keine Mondstrahlen. In unserer Wohnung gibt es einen kleinen Vulkan. Der spuckt öfter mal Lava aus, die schmeckt super lecker. Letztens war der Vulkan sehr aktiv, da habe ich mich so richtig satt gegessen. Erst dachte ich, mir platzt der Bauch. Aber nachdem ich mich hingelegt hatte, ging es wieder. Das reicht für die nächsten Wochen aus."

„Cool. Vielleicht sollte ich das auch einmal probieren. Aber ich glaube, dass Lava mir ziemlich schwer im Magen liegen würde", sagte Alf vergnügt.

Inzwischen war es ganz dunkel geworden. Alf, die wieder wie ein Mädchen aussah, stand im Mondlicht, das sie sanft umflutete. Sie breitete die Arme aus.

„Das tut gut", sagte sie überschwänglich. „Dann wollen wir mal weiter. Immer dem Stern nach."

Die beiden machten sich auf den Weg, wobei Alf im Mondlicht hin- und her hopste und dabei ununterbrochen redete, während Edi neben ihr her trottete.

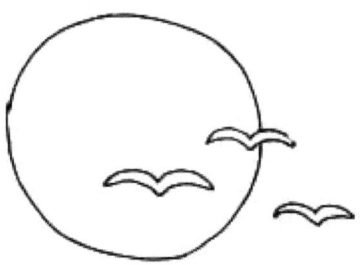

# Blocksberg oder Drachenberg?

Schließlich, als die Nacht fast vorbei war, sahen sie in einiger Entfernung einen hohen Berg aufragen. „Der Blocksberg", quiekte Alf begeistert.

„Der Drachenberg", brummte Edi andächtig.

„Quatsch! Schau genau hin. Der Berg ist oben ganz flach, dort ist der Gespenstertanzplatz. Es ist der Blocksberg", erklärte Alf energisch.

„Eben, er ist oben ganz flach, bloß in der Mitte ist ein großer Felsbrocken. Um ihn versammeln sich die Drachen. Es ist nämlich der Drachenberg", sagte Edi bestimmt.

„Blocksberg, Drachendummkopf!"

„Drachenberg, du ... du ... Quiekgespenst!"

„Quatsch! Blocksberg!"

„Blödsinn! Drachenberg!"

So zankten sich die Zwei bis die Sonne aufgegangen und Alf wieder eine Nebelwolke war.

„Was nun?", fragte sie schließlich ratlos. „Einen anderen Berg gibt es hier nicht. Aber ich habe noch nie gehört, dass Gespenster und Drachen zusammen feiern, das hätten meine Eltern doch erzählt. Sie haben nur gesagt, dass

der Blocksberg und der Drachenberg nah beieinander liegen."

Edi schüttelte den Kopf. „Dass Gespenster auf dem Drachenberg sind, wenn gefeiert wird, habe ich auch noch nie gehört. Wenn du dich da nicht vertan hast."

Der Alf-Nebel waberte empört. „Ganz bestimmt nicht!"

Edi berührte den Nebel sacht mit dem Finger. „Weißt du was? Wir schleichen einfach hin, sobald es dunkel geworden ist. Dann werden wir ja sehen, was passiert und wer von uns Recht hat. Jetzt bin ich müde und du bist es bestimmt auch. Wir legen uns einfach unter diesen Baum und schlafen eine Runde."

Er wies auf einen Baum mit einer weit ausladenden Krone und einem weichen Moospolster zwischen den Wurzeln. Alf antwortete mit einem Gähnen und ließ sich unter dem Baum nieder. Edi machte es sich neben ihr bequem. Bald schliefen beide tief und fest.

 ## Wo ist das Fest?

Edi erwachte als der Mond bereits am Himmel stand. Das Geistermädchen schien auch gerade aufzuwachen, denn es reckte und streckte sich. Dann sprang es unternehmungslustig auf die Beine. „Los, olle Schlafmütze! Jetzt wird gefeiert. Auf zum Blocksberg!"

„Drachenberg", brummte Edi, aber vorsichtshalber sehr leise. Er wollte sich nicht schon wieder mit Alf streiten. Sie schien ihn tatsächlich nicht gehört zu haben, denn sie strahlte ihm mit einem Silberlächeln an und nahm ihn bei der Hand. „Egal was für ein Fest dort oben gefeiert wird, wir werden Spaß haben", stellte sie fest.

Bald standen die beiden Hand in Hand am Fuß des Berges. Alf legte den Kopf in den Nacken. „Ganz schön hoch, was", sagte sie ehrfürchtig. „Stimmt. Aber in Ausnahmefällen können wir Drachen fliegen", erklärte Edi. „Das machen wir nicht oft, denn es strengt uns ganz schön an und wir kriegen einen Riesenhunger davon. Wenn du willst, kann ich dich huckepack nehmen und wir fliegen hinauf. Dich halbe Portion kann ich leicht tragen."

Alf lächelte. „Das ist nett von dir, aber ich kann neben dir her schweben. Das können wir Geister nämlich ganz gut. Es ist zwar anstrengend, aber das kriege ich im hellen Mondschein schon hin."

Schon hob sie ab. Edi beeilte sich, um ihr zu folgen. Mit einem eleganten Schlenker landete Alf schließlich auf der flachen Kuppe des Berges. Edi wollte es ihr nachmachen, plumpste aber mit einem lauten Platsch auf den Hosenboden. Die beiden schauten sich erwartungsvoll um, doch sie waren mutterseelenallein auf dem Berg. Weder Drachen noch Geisterwesen waren zu sehen.

„Was machen wir jetzt?", fragte Edi ratlos.

„Wir warten. Vielleicht ist es noch zu früh", überlegte Alf. Sie ging einmal rund um den großen Felsbrocken, der mitten auf dem Platz lag. Edi schloss sich ihr an, stupste ihr mit dem Finger sacht in den Rücken.

„Lass das! Du weißt doch, dass ich total kitzelig bin", quiekte Alf begeistert und lief schneller. Edi folgte ihr. Die beiden rannten immer schneller um den Felsen. Schließlich ließ sich Alf auf den Boden fallen. „Ich kann nicht mehr", japste sie. Edi setzte sich neben sie und lehnte den Rücken gegen den Fels.

 ## Schattenmann und Diener

Plötzlich hörte er ein seltsames Geräusch.

„Pst." Edi legte den Finger an die Lippen und schaute das Geistermädchen verschwörerisch an. Wirklich, auch Alf hörte jetzt ein Schlurfen und Katzen, ein Scharren und Murren. Vorsichtig lugten sie um den Steinbrocken. Sie sahen eine düster dunkle und schrecklich dürre Gestalt, die sich am Rand der Kuppe hochgearbeitet hatte und sich jetzt aufrichtete. Ihr folgte ein dicker Drachen, der, im Gegensatz zu Edi und allen anderen Drachen nicht grün, sondern tief schwarz war. Vor Anstrengung fielen lauter kleine, fiese Tropfen aus seinem Maul.

„Oh", erschrocken stieß Edi die Luft aus.

„Hast du auch etwas gehört?", fragte der schwarze Drache den dunkeldünnen Zauberer.

„Nein. Du ächzt und jammerst schon die ganze Zeit herum. Wie soll ich da etwas anderes hören als dein Gewimmer", zischte der Schattenmann, denn um diesen handelte es sich.

„Früher konnte ich fliegen. Jetzt muss ich alles zu Fuß machen. Das ist eben anstrengend", erklärte der schwarze Drache.
Der Schattenmann beugte sich drohend über ihn.

„Stell dich nicht so an. Du bist einfach zu dick, deshalb kannst du nicht mehr abheben. Wenn wir erst einmal den Kristall der Macht haben, dann wirst du mit seiner Hilfe auch wieder fliegen können. Dann werde ich über die Welten der Drachen und der Geisterwesen herrschen. Du wirst mein erster Minister sein."

„Das haben wir schon einmal probiert, Meister, und es nicht geschafft", jammerte der schwarze Drache. „Meinst du wirklich, dass es uns heute gelingen wird? Wenn das nicht der Fall ist müssen wir wieder so lange warten, bis die Sterne richtig stehen. Dazu habe ich überhaupt keine Lust."

Der Schattenmann sah noch bedrohlicher aus. „Ich will gar nicht daran denken! Fünfhundert Jahre sind vergangen. Damals waren wir ganz dicht dran. Ich hielt den Kristall schon fast in meinen Händen. Wenn diese jämmerlichen Wesen nicht dazwischengekommen wäre ..." Er schüttelte sich angewidert. „Wie konnten sie nur! Ein Geisterwesen und ein Drache, so wie wir es sind. Sie haben es im letzten Moment verhindert. Wenigstens ist mir der magische Zauber gelungen, sodass Drachen und Geister hier nie wieder zusammentreffen. Sie sind außerhalb der Zeit, sobald sie den Berg betreten. Außer, sie kommen gleichzeitig hier an und haben eine besondere Verbindung zu einander."

An dieser Stelle kicherte er fies und rieb sich die Hände. „So werden sie dieses Mal nicht verhindern können, was ich schon vor fünfhundert Jahren tun wollte."

„Das stimmt", stellte der schwarze Drache fest. „Sie feiern zur selben Zeit am selben Ort, aber sie können sich nicht sehen. Weil sie sich nicht einig sind und sich gegenseitig nicht trauen. Das hast du gut gemacht. Du bist so klug, Meister."

„Ein paar Gerüchte da, eine zerstörte Drachenhöhle und ein verbrannter Wald dort ... Es ist leicht, die Drachen und die Geister gegeneinander aufzubringen. Niemals werden ein Drache und ein Geisterwesen gemeinsam hier her kommen." Wieder rieb sich der Schattenmann die Hände. „Sieh nur, der Kristall erwacht zum Leben. Das Fest kann beginnen." Er zeigte auf den Kristall und lachte aus vollem Hals, was sich wie das Kratzen auf einer Schiefertafel anhörte. Der schwarze Drache fiel in das Lachen ein.

Wirklich verbreitete sich von der obersten Stelle des Felsens ein strahlendes Licht.

Erst jetzt sahen Alf und Edi den Kristall, der oben auf dem Felsen thronte und nun hell funkelte.

Rettung im letzten Moment

Alf und Edi hatten dem Gespräch zwischen dem Schattenmann und seinem Diener atemlos gelauscht. Jetzt sahen sie sich ratlos an.

„Wir müssen verhindern, dass er den Kristall bekommt", raunte Alf.

„Ja, aber wie", wisperte Edi zurück.

„Ich schwebe, du fliegst. Zusammen schaffen wir es vielleicht, den Kristall hochzuheben. Dann können wir ihn einfach mitnehmen, bevor der böse Zauberer ihn in die Hände kriegt. Der Drache hat doch gesagt, dass er nicht mehr fliegen kann. Bestimmt kann es der Zauberer auch nicht", flüsterte das Geistermädchen. Es erhob sich langsam und vorsichtig, um nur kein Geräusch zu machen. Edi tat es ihm nach.

Doch ehe sie ihren Plan in die Tat umsetzen konnten, hörten sie wieder die Stimme des Schattenmannes. „Los, du fetter, unnützer Drache, heb' mich hoch, damit ich auf den Felsen klettern kann. Dann komm mir gefälligst nach."

Diesem Befehl folgte ein Ächzen und Stöhnen.

„Schnell, wir müssen ihnen zuvorkommen", sagte Alf leise.

Sie schwebte am Fels entlang in die Höhe, wobei sie Edi mit sich zog. Lautlos bewegten die beiden sich zur obersten Felskante.

Hier gab es einen kleinen Absatz, auf den sie sich stellten und fasziniert auf den glitzernden und gleißenden Kristall schauten, der einen breiten Strahl aus Licht in den Himmel sandte. Doch ach, sie hatten einen Moment zu lange gewartet.

Von der anderen Seite aus erhob sich drohend der Schattenmann, neben ihm war der schwarze Drache zu sehen. Beide griffen gierig nach dem Kristall. Sie waren so sehr auf den glitzernden Stein fixiert, dass sie Alf und Edi gar nicht wahrnahmen.

Erst als diese auch versuchten an den Kristall zu kommen, schauten Schattenmann und Drache verblüfft auf.

„Das ist doch ... nein, nicht schon wieder ...", stammelte der schwarze Drache.

Der Schattenmann riss die Augen auf und schüttelte den Kopf. Er schien nicht glauben zu können, dass ihm gegenüber ein Drache und ein Geisterwesen standen. Er und der schwarze Drache waren so erstaunt, dass sie für einen Moment den Kristall losließen.

Diese Gelegenheit nutzten Edi und Alf. Sie fassten zu, um den Kristall hochzuheben.

Schnell mussten sie feststellen, dass er viel zu schwer für sie war. Alf ließ keuchend die Hände sinken.

„Schnell, noch einmal, wir schaffen das", rief Edi ihr aufmunternd zu.

Das Geistermädchen wollte noch einmal die Hände auf den Kristall legen, erwischte aber Edis Tatzen, sodass Hände und Tatzen übereinander lagen.

„Wir schaffen das, schließlich sind wir Freunde", rief Alf so laut sie konnte.

Nun geschahen mehrere Sachen gleichzeitig: Der Kristall leuchtete noch heller. Er erleuchtete den großen Platz um den Stein, auf dem es plötzlich vor Gestalten nur so wimmelte.

Drachen und Geisterwesen liefen durcheinander, blieben dann verblüfft stehen. Sie schauten alle zusammen wie gebannt auf den Felsen, auf dem der Schattenmann wie von einem unsichtbaren Wirbel ergriffen in die Nacht hinausgeweht wurde. Ihm folgte sein Diener, der schwarze Drache.

Der größte und älteste Drache wies auf Alf und Edi.

„Seht, dort oben! Ein Drachenjunge und ein Geistermädchen, sie haben den Kristall der Macht befreit. So haben sie die Welt der Drachen mit der Welt der Geisterwesen wieder zusammengebracht. Der Drachenberg und der Blocksberg sind eins, so wie es früher einmal war."

Der älteste Zauberer der Geisterwesen meldete sich zu Wort: „Lasst uns Frieden schließen. Geisterwesen und Drachen sollen in Zukunft in Frieden miteinander leben und in jedem Jahr hier zusammen ein Fest feiern."

Dem stimmten alle Drachen und Geisterwesen begeistert zu.

Alf grinste Edi an. „Siehst du, du dummer Drachen, ich habe recht gehabt. Es ist der Blocksberg."

Der Drachenjunge erwiderte das Grinsen. „Ja, du halsstarriges Geistermädchen. Du hast Recht. Und ich auch ein bisschen. Übrigens ist Alfinella ein schöner Name!"

Den letzten Satz sagte er allerdings etwas leiser. Schließlich wollte er sich nicht schon wieder mit Alf zanken.

So kam es, dass sich Drachen und Geisterwesen miteinander versöhnten.

Einmal im Jahr, zur Sommersonnenwende, leuchtete der Kristall besonders hell. Dann feierten Drachen und Geister ein gemeinsames Fest. Sie versammelten sich auf dem Drachenberg, den die Geister weiterhin Blocksberg nannten und tanzten die ganze Nacht hindurch.

Alf und Edi trafen sich nicht nur in dieser Nacht. Sie waren Freunde für immer geworden, besuchten sich, wann immer es ging und standen sich mit Rat und Tat zur Seite.

Denn echte Freunde helfen einander.

Tränenperlen

 # Ein besonderes Fest

Heute gab es im Palast des Meereskönigs ein ganz besonderes Fest. Die Meeresprinzessin, das einzige Kind des Königs und der Königin der Westlichen Ozeane, hatte nämlich Geburtstag. Zwölf Jahre wurde sie alt.

Das Königspaar war sehr stolz auf seine Tochter, denn die kleine Prinzessin war wunderschön. Ihre Augen glitzerten grün wie Smaragde und schauten neugierig in die Welt. Auch ihr Haar war von einer ganz besonderen Art. Grün wie das Meer bei Sturm hüllte es sie in einen zarten Schleier. Dazu war die Meeresprinzessin mutig, unerschrocken und neugierig. Sie wollte immer alles ganz genau wissen und ergründen. Oft hatte sie ihre Amme zur Verzweiflung gebracht, weil sie einfach weggeschwommen war um etwas herauszufinden oder sich etwas genauer anzusehen.

„Kind, du kannst doch nicht einfach drauflosschwimmen. Irgendwann wirst du deine Neugierde noch bereuen", rief die Amme dann aus. Die kleine Meerprinzessin hörte aber nicht auf

sie, sondern lachte so laut, dass die Lachper-
len nur so um sie herum schwebten.

„Ich passe schon auf, liebe Amme", sagte sie
bei solchen Gelegenheiten. „Überhaupt, was
kann mir schon passieren, wo mein Vater
doch der mächtige König der Westlichen Ozeane ist."

Heute sollte die Prinzessin endlich ihren Namen bekommen. Dieser Tag ist für jedes Wasserwesen von besonderer Wichtigkeit. Erst wenn es einen Namen hat, gehört es ganz und gar zur Gemeinschaft. Das gilt für Prinzen und Prinzessinnen genau so, wie für das Kind des ärmsten Seebodennöcks.

Aufgeregt zappelte die kleine Prinzessin hin und her, während ihre Amme versuchte ihr bunte Seeanemonen in die Haare zu flechten.
„Was meinst du, wie werde ich wohl heißen?", überlegte die Prinzessin laut. „Vielleicht Vila, aber nein, das ist zu einfach. Unda ist ein schöner Name, er würde mir gefallen. Ich bin so gespannt!"
Die Amme zog ihren Schützling lächelnd in die Arme. „Du bist neugierig wie ein Paradiesfisch. Bald wirst du deinen Namen ja wissen. Jetzt halt still, sonst werden wir heute gar nicht mehr fertig."
Ein spielerischer Stupser auf die Nase folgte, dann beschäftigte sich die Amme wieder mit den Haaren der Prinzessin. „Fertig, du siehst wunderschön aus, meine Kleine", stellte sie schließlich fest.
Die Prinzessin stemmte die Arme in die Hüften.

„Pah, ich bin nicht mehr klein. Wenn ich erst einmal meinen Namen habe, dann will ich alles ganz allein bestimmen und du kannst mir gar keine Vorschriften mehr machen."

Die Amme lachte laut auf. „Das werden wir dann sehen. Jetzt warte noch einen Augenblick hier. Ich schaue nach, ob die Vorbereitungen für das Fest abgeschlossen sind. Versuch in der Zwischenzeit ruhiger zu werden. Du kannst im Thronsaal nicht so herumzappeln. Sonst denken deine Eltern noch, dass du zu jung für einen Namen bist", mit diesen Worten verließ sie das Zimmer.

„Ich bin überhaupt nicht zu jung für meinen Namen. Ach, es ist alles so spannend. Ich kann kaum still und ruhig sein. Aber ich will es versuchen", rief ihr die Prinzessin hinterher.

Trotzdem hüpfte sie auf ihrem Sitz hin und her, zupfte an ihrem Haar und wurde immer aufgeregter.

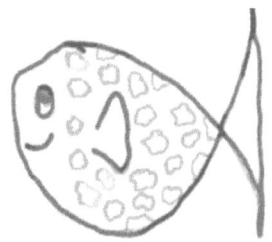

Ein seltsamer Wassermann

„Prinzessin, hier bin ich um die Schulden einzufordern", ertönte plötzlich eine unheimliche Stimme hinter ihr.

Erschrocken drehte die Wasserprinzessin sich um. Hinter ihr stand der seltsamste Wassermann, den sie je gesehen hatte. Aus einem grimmigen Gesicht schauten sie zwei Augen an, die so schwarz waren wie die dunkelste Nacht. Die Haare und der Bart waren zottelig, so als hätte der Wassermann sich noch nie gekämmt. Auch der Körper kam der Prinzessin merkwürdig vor. Die Arme schienen zu lang zu sein, statt Fingern hatte er Krallen. Der Körper sah irgendwie zu kurz aus und er Rücken wurde von einem Buckel verunziert.

Er schaute die Wasserprinzessin finster an. „So lange schon warte ich, heute werde ich endlich belohnt", sagte er drohend.

Die Prinzessin war ganz erschrocken, denn bis jetzt waren alle Meereswesen nett und freundlich mit ihr umgegangen. Dieser grimmige Geselle machte ihr Angst. Was meinte er

damit, dass er sie holen wollte? Und was damit, dass er Schulden einfordern wollte?
Doch ehe sie sich von ihrem Schreck erholen und antworten konnte, stürmte die Amme herein.

„Schnell, meine Kleine, dein Vater ist schon ganz ungeduldig. Das Schmücken deiner Haare hat zu lange gedauert. Kein Wunder, wo du so zappelig bist. Jetzt grummelt der König wie ein Tiefseevulkan. Deine Mutter kann ihn nicht mehr lange beruhigen."

Die Prinzessin wies zitternd auf die unheimliche Gestalt vor ihr. „Schau doch nur. Was ist das für ein Wassermann? Er hat etwas Böses vor."

„Was soll das jetzt? Ich sehe niemanden. Es ist keiner da außer dir und mir. Jetzt ist es aber genug. Ich glaube du bist wirklich noch nicht alt genug für einen Namen", schimpfte die Amme. Ehe die Prinzessin es sich versah, zog sie sie in Richtung des Festsaales.

Im Herausgehen warf die Wasserprinzessin noch einen kurzen Blick zurück. Sie stellte verwundert fest, dass der seltsame Wassermann verschwunden war. Sie zuckte mit den Schultern. Bestimmt war sie trotz aller Aufregung für einen Moment eingeschlafen und hatte einen Alptraum gehabt. So schlimme und bedrohliche Wesen gab es in Wirklichkeit gar nicht. Die Prinzessin beschloss, lieber nichts mehr über diesen Traum zu sagen und sich einfach auf ihr Fest zu freuen.

# Eine böse Überraschung

Der Festsaal glänzte und glitzerte schon von weitem. Im Eingang blieb die kleine Wasserprinzessin stehen und schaute sich fasziniert um. An der gläsernen Decke schwebten tausende von leuchtenden Fischen. Die perlmutternen Wände schimmerten hell rosa, dass es eine Pracht war. Doch damit nicht genug: zur Feier des Tages hatte der König das Meeresleuchten angestellt. Es strahlte in einem warmen Licht aus dem Meeresboden selbst heraus.

Während die Prinzessin auf ihre Eltern zuging, kam sie sich vor, als würde sie auf einer Bahn aus Licht laufen. Beim Anblick seiner geliebten Tochter vergaß der König seine Ungeduld und strahlte mit dem Festsaal um die Wette. „Da bist du ja, mein Kind", dröhnte er. „Das Warten hat sich gelohnt, du bist wunderschön und mein größter Schatz."

Lächelnd wandte er sich seiner Gemahlin zu. „Sie sieht dir sehr ähnlich, meine Liebe!"

Die Königin erwiderte sein Lächeln. „Natürlich, mein Lieber, würde sie dir ähneln, so hätte sie einen Spitzbauch und kaum Haare auf dem Kopf. Vorhin hast du herumgepoltert, dass alles so lange dauert. Jetzt wollen wir unserer Tochter endlich ihren Namen geben."

„Ist ja schon gut. Du brauchst mich nicht zu tadeln." Der König zog den Kopf ein und streckte die Hand aus. „Komm her, mein liebes Kind. Wir wollen wirklich nicht länger warten."

Die kleine Prinzessin trat näher und ihr Vater legte ihr segnend die Hände auf den Kopf.

„Heute ist dein besonderer Tag", begann er. „Wir haben uns zusammengefunden, um dich in unsere Gemeinschaft aufzunehmen, mit allen Rechten und Pflichten. Deine Mutter und ich sind uns wie immer einig. Du bist ein ganz besonderes Wasserwesen und deshalb bekommst du einen ganz besonderen Namen, einen Name, der so alt und wunderbar ist wie das Meer. Ab dem heutigen Tag sollst du Niccessa heißen ..."

„Hallo, Bruder, ich bin hier um deine Schuld einzufordern", unterbrach ihn eine wie zersprungenes Glas klingende Stimme.

Der König erstarrte und ließ langsam die Hände sinken, während die Prinzessin zögernd den Kopf hob.

Vor dem Thron stand der seltsame Wassermann. Er starrte ihren Vater mit seinen schwarzen und kalten Augen an.

„Bruder", begann der König mit leiser Stimme. „Was machst du nur? Du störst die Namensgebung meiner Tochter. Jetzt ist nicht der richtige Zeitpunkt. Lass uns später miteinander reden. Dann will ich alles tun, was du wünscht."

„Der Zeitpunkt könnte nicht besser sein. Wegen deiner Tochter bin ich in den Palast gekommen. Du hast mir vor langer Zeit deinen größten Schatz versprochen. Nun, sie ist dein größter Schatz, das hast du selbst gerade gesagt. Jetzt soll sie mir gehören."

„Nein", stammelte der König, während die Königin in Tränen ausbrach. „Du kannst alles von mir bekommen, doch bitte lass uns unser Kind! Nimm unsere Juwelen, nimm dir das Meeresleuchten, du kannst alles haben ..."

„Juwelen, das Meeresleuchten, das alles will ich nicht. Du hast es mir bei deiner Ehre geschworen: Dein größter Schatz sollte mir gehören und deine Tochter ist das größte, wertvollste Juwel aller Ozeane. Nun gehört sie mir. Dafür hast du die Königswürde bekommen, obwohl doch ich der Ältere bin. Ich habe sie dir geschenkt. Alles hast du bekommen. Jetzt musst du deinen Schwur einlösen." Der Wassermann maß das Königspaar mit einem kalten Blick. Dann steckte er gierig seine Hände nach Niccessa aus.

„Nein, bitte. Lass unser Kind in Ruhe. Wenn du es wünscht, dann werde ich an seiner statt mit dir gehen", weinte die Königin und rang die Hände. „Es gab eine Zeit, da hättest du alles dafür getan."

Böse grinste der Wassermann sie an. „Das ist lange vorbei. Ich habe gelernt allein zu sein. Jetzt will ich dich nicht mehr. Du hast vor langer Zeit deine Wahl getroffen. Nun hör auf zu betteln."

„Wie kannst du nur so hartherzig sein", sagte die Königin leise, während ihr die Tränen über die Wangen liefen.

„Bin ich das? Ich will nur das, was mir zusteht. Nicht mehr und nicht weniger", zischte der böse Wassermann.

Die Prinzessin hatte dem Wortwechsel fassungslos gelauscht.

„Vater, was hat das alles zu bedeuten? Was will dieser hässliche, alte Wassermann von mir? Ich werde nicht mit ihm gehen!"

„Mein liebes Kind. Er ist Nidög, mein älterer Bruder, dein Onkel", erklärte der König traurig. „Wir sind als Zwillinge auf die Welt gekommen, er ist zwar nur drei Minuten älter als ich, doch hätte er, als Erstgeborener, König werden sollen. Als unsere Eltern starben hat er sich aus dem Staub gemacht. Bevor er gegangen ist, hat er mir gestattet, an seiner Stelle König der Westlichen Ozeane zu werden. Dafür hat er mir das Versprechen abgenommen, eines Tages meinen größten Schatz zu bekommen. Ich war leichtsinnig, als ich dem zugestimmt habe. Aber ich habe niemals daran gedacht, dass er einmal mein Kind mit sich nehmen will. Das konnte ich nicht wissen ..."

„Es reicht", unterbrach Nidög seinen Bruder gehässig. Er zeigte mit seinem dürren, spitzen Finger auf die Prinzessin. „Du kommst jetzt mit mir. Dein Vater muss sein Versprechen einlösen. Er hat es geschworen, bei seiner Ehre."

Der König seufzte schwer und wischte sich verstohlen über die Augen. „Du musst mit ihm gehen. Wie gern möchte ich dir diesen Weg ersparen, doch ich kann es nicht. Der Schwur gilt. Wenn ich ihn nicht erfülle, dann habe ich keine Ehre mehr. Bitte verzeih mir."

Und während die Königin ihre Tochter weinend in die Arme schloss, verließ der König der Westlichen Ozeane mit schleppendem Schritt den Festsaal.

# Im Dunkelgraben

Starr vor Entsetzen und Fassungslosigkeit war Niccessa dem missgestalteten Wassermann gefolgt. Niemand hatte es gewagt ihn aufzuhalten, so groß war die Angst vor ihm.

Nidög führte sie in den Dunkelgraben, der die Grenze zwischen dem Westlichen Königreich der Ozeane und dem Östlichen Königreich der Meere bildete. Hier, tief unter dem Meeresboden, schien die Welt vor schwarzer Kälte erstarrt zu sein.
Noch nie war ein Wasserwesen bis zum Boden des Dunkelgrabens geschwommen. An den Abenden, an denen das Meer vom Wind gepeitscht wurde und Stürme über seine Oberfläche brausten erzählten die uralten Wassermänner gruselige Geschichten über dämonische Wesen, die tief im Graben hausten und alles verschlangen, was sich in den Dunkelgraben verirrte.
Genau hier hatte der böse Wassermann seine Höhle in der schroffen Wand des Dunkelgra-

bens. Die Behausung wurde einzig von einem matt schimmernden Kristall erhellt.

Grob stieß er die Meeresprinzessin in eine Ecke. „Dies ist in Zukunft dein Platz. Hier sollst du sitzen bleiben und ohne meine Erlaubnis nirgendwo hingehen. Und jetzt weine für mich."

Niccessa hielt den Blick gesenkt. „Ich glaube das kann ich nicht, denn bis jetzt habe ich noch niemals geweint. Ich bin ja immer glücklich gewesen", flüsterte sie.

„Dann wird es die höchste Zeit, dass du bitteren Kummer und salzige Tränen schmeckst. Du wirst deine Eltern nie wiedersehen und bis an dein Lebensende in meiner Höhle bleiben. Oh, du wirst dich daran gewöhnen, niemals wieder das Licht zu sehen. Jetzt schenke mir deine Tränen, Prinzessin."

Bei dem Gedanken für immer mit Nidög in dieser kalten und dunklen Höhle sein zu müssen, wurde Niccessa ganz traurig. Kummer und Hoffnungslosigkeit machten sich in ihr breit, ihre Augen wurden seltsam feucht.

„Warum bist du nur so böse", schluchzte sie, während ihr die ersten Tränen ihres Lebens über die Wangen liefen. Doch jede ihrer Tränen war eine wunderschöne, schimmernde Perle.

„Ja, weine für mich", Nidög tanzte um sie herum, während er die Perlen aufsammelte.

„Sie schimmern und glimmern, sie machen mich reich", murmelte er immer wieder.

Schließlich hatte die Prinzessin keine Tränen mehr. Sie fühlte sich hohl und leer.

„Siehst du, wenn du nur traurig genug bist, dann kannst du auch weinen", stellte der böse Wassermann fest. „Das war erst der Anfang. Du wirst noch viele Tränenperlen für mich weinen."

Niccessa drückte sich ängstlich und niedergeschlagen tief in die ihr zugewiesene Ecke. Schließlich fiel sie in einen tiefen Schlummer.

Als sie aufwachte, glaubte sie einen Moment sie habe einen bösen Traum gehabt. Aber ein Blick in die dunkle Höhle belehrte sie eines Besseren.

Wieder liefen ihr die Tränen die Wangen herab und wieder sammelte Nidög sie ein.

# Tränenperlen

So ging es jeden Tag.

Niccessa saß in ihrer Ecke und weinte still vor sich hin, während Nidög ihre Tränen aufsammelte und in einer kleinen Truhe verstaute.

„Was tust du mit all den Tränen?", fragte sie einmal.

Nidög schaute sie kalt an. „Was kümmert dich das?", knurrte er böse.

„Ich möchte es wissen", sagte die Prinzessin leise. „Du legst die Perlen in eine Truhe, aber eigentlich kannst du doch gar nichts damit anfangen", fügte sie hinzu.

Der Wassermann schaute sie lange an. In seinen kalten Augen kam ein seltsam trauriger Schimmer. „Sie sind sehr wertvoll für mich, diese Perlen." Er nahm eine besonders große und schimmernde Perle in seine spinnenhaften Finger und hielt sie sich vor das Gesicht.

„Sie schimmern und glimmern, sie machen mich reich", murmelte er. „Sie schenken mir etwas von dem Glanz, den ich verloren habe. Durch sie kann ich mir vorstellen wie es wäre auf dem perlmuttfarbenen Thron der Westlichen Ozeane zu sitzen. Neben mir meine Königin, die mich bewundert und vielleicht sogar liebt." Er seufzte schwer und legte die Perle zurück in die Truhe.

„Wenn du mich zurück zu meinem Vater bringst, dann hilft er dir bestimmt. Vielleicht lässt er dich sogar ab und zu auf seinem Thron sitzen und bestimmt findest du dann eine Nixe, die dich bewundert. Dann musst du nie wieder traurig oder böse sein ...", rief Niccessa eifrig aus.

"Du dummes Ding", unterbrach sie der Wassermann. „Du weißt gar nichts. Dein Vater hat mir die Liebste genommen. Ich wollte sie zu meiner Königin machen, aber dein Vater hat sie umschmeichelt. Am Ende hat sie nur noch Augen für ihn gehabt und ist seine Frau geworden. Da ist mir alles egal gewesen. Warum sollte ich König werden? Ohne sie an meiner Seite wollte ich das nicht. Deshalb habe ich deinem Vater den Thron überlassen. Er war so dumm mir seinen größten Schatz zu versprechen." Er grinste böse. „Jetzt habe ich dich zu mir geholt. Deine Eltern werden nie wieder glücklich sein. Das ist es, was ich wollte."

Einmal am Tag verließ der Wassermann die Höhle, um auf die Jagd zu gehen. Jedes Mal kettete er Niccessa mit einer goldenen Schnur in der Höhle fest. So sehr die Prinzessin sich auch bemühte, sie konnte die magische Fessel nicht abstreifen. Nach ein paar Stunden kam Nidög zurück, befreite sie von der Schnur und warf ihr einige Algen vor die Füße, denn sie weigerte sich wie er lebende Fische zu essen.

Wie sehr sehnte sich Niccessa nach etwas Licht. Sie träumte vom gleißenden Meeresleuchten, von den Sonnenstrahlen, die das Wasser zum Glitzern brachten, vom dämmerigen Türkis des Ozeans und vom lustigen Spiel der bunten Fische. Doch nun lebte sie in unendlicher Schwärze, die sie immer trauriger werden ließ.

 ## Der Meeresboden bebt

Prinz Gwen zügelte sein Wasserross und stieg ab.

Dieser Meeresgraben war mit Abstand der dunkelste Abgrund, den er während seiner Reisen gesehen hatte. Sein Vater, der König der Östlichen Meere, hatte darauf bestanden, dass Gwen sein zukünftiges Reich gründlich kennenlernte. Der Prinz war schon eine ganze Weile unterwegs und hatte sich vorgenommen, wieder in den Königspalast zurückzukehren. Schließlich hatte er das Reich das er einmal regieren würde von einer Grenze zur anderen durchquert.

Langsam und zögernd trat näher an den Graben, um zu erkunden, wie tief es hinab ging. Doch so sehr er sich den Hals verrenkte, er konnte den Meeresboden nicht erkennen. Vorsichtig machte er noch einen Schritt, beugte sich neugierig weiter vor. Plötzlich bebte der Boden, der Ozean schien sich kurz zu schütteln, und ehe Gwen es sich versah, war er schon kopfüber in den Graben gerutscht.

Er schien eine unendliche Zeit zu fallen, bis er unsanft auf einem Vorsprung im Felsen landete. Bevor er in eine tiefe Ohnmacht fiel, meinte er zwei Smaragde funkeln zu sehen.

 # Unverhoffte Hilfe

Eine sanfte Berührung ließ ihn erwachen.

„Bitte, wach auf, bitte! Bevor er zurückkommt!", hörte er eine liebliche Stimme flüstern.

„Ich bin ja wach." Mühsam richtete er sich auf. Wieder schaute er in zwei smaragdfarbene Augen, die zu einem wunderschönen Wassermädchen gehörten.

„Du musst dich verstecken", hauchte es angstvoll. „Er kommt bestimmt gleich zurück. Wenn er dich hier entdeckt wird er dir etwas antun."

Gwen straffte sich. „Ich habe keine Angst."

Sein Blick fiel auf die golden leuchtende Schur, welche um die Hüfte der Prinzessin geschlungen war. „Wirst du hier gefangen gehalten? Ich helfe dir die Fessel abzustreifen und dann kommst du mit mir. Mein Wasserross wartet am Rand dieses Grabens auf mich. Es wird uns ganz schnell von hier fort tragen."

Niedergeschlagen ließ Niccessa den Kopf hängen. „Dies ist eine magische Schnur. Ich habe schon alles versucht, um sie los zu werden. Nur derjenige, der sie angelegt hat kann sie auch wieder abmachen. Ich würde gern mit dir flüchten, aber es geht nicht."

„Ich kann es wenigstens versuchen", sagte Gwen. „Ich bin Prinz Gwen und komme aus dem Reich der Östlichen Meere. Auf Zauberei verstehe ich mich ein wenig. Vielleicht gelingt es mir, diese Fessel zu entfernen."

Niccessa seufzte hoffnungsvoll. „Das wäre schön. Ich bin Niccessa und mein Vater ist der König der Westlichen Ozeane", fügte sie hinzu. Und während Gwen sich bemühte, die Fessel zu entfernen erzählte sie ihm wie sie in die Gewalt des bösen Wassermannes gekommen war und dass sie immer Tränenperlen für ihn weinen musste.

Doch so sehr Prinz Gwen es auch versuchte, die goldene Schnur blieb wie festgewachsen um Niccessas Hüfte geschlungen.

„Siehst du. Ich habe es dir gesagt. Diese Schnur kann nur Nidög abmachen, denn er legt sie mir jedes Mal an, wenn er auf die Jagd geht", erklärte die Wasserprinzessin schließlich.

Gwen überlegte. „In diesem Fall hilft kein Zauber. Jedenfalls keiner den ich kenne. Wir müssen warten, bis er dir die Schnur abgenommen hat. Vielleicht ergibt sich eine Gelegenheit zur Flucht. Ich lass dich auf keinen Fall hier zurück, Prinzessin."

„Dann musst du dich jetzt aber verstecken. Am besten gehst du ganz hinten in die Höhle.

Dorthin, wo sie am dunkelsten ist, damit Nidög dich nicht findet."

„Ich kann mit ihm kämpfen und dich so befreien", erklärte der Prinz entschieden.

Aber Niccessa wollte nichts davon hören. „Bitte, versteck dich erst einmal. Nidög ist ein böser Wassermann, Er wird dir bestimmt wehtun, wenn er dich hier findet und mir dazu!"

Weil ihn die Prinzessin all zu sehr darum bat, versteckte sich Gwen schließlich im tiefsten Höhlenschwarz.

Die Rettung

Kaum war er in den hintersten Winkel geschlüpft, polterte Nidög in die Höhle.

„Das Meer hat gebebt. Ich dachte schon dir wäre etwas geschehen, Prinzessin. Das wäre wirklich schade, denn du sollst noch viele Perlen für mich weinen." Misstrauisch schnüffelte er. „Hier stimmt etwas nicht! Es stinkt nach einem anderen Wasserwesen! Versteckst du etwa jemanden vor mir?"

Niccessa erschrak ganz fürchterlich. Hatte der Wassermann den Prinzen etwa schon bemerkt? Schnell sagte sie: „Das bildest du dir nur ein. Wer sollte sich schon in diesen schrecklichen Graben verirren? Bestimmt hat das Seebeben den Boden aufgewühlt. Wer weiß, welche unheimlichen Monster ganz unten im schwarzen Graben lauern. Selbst du bist noch nicht bis nach ganz unten getaucht, das hast du selbst gesagt."

Der Wassermann schaute sie noch immer Misstrauisch an. „Das könnte sein", sagte er nachdenklich. „Aber genauso kann es sein, dass dein Vater einen seiner Meeresritter los-

geschickt hat, um dich zu befreien. Ich sollte auf jeden Fall die Höhle durchsuchen."
Die kleine Prinzessin schlug entsetzt die Hände vor den Mund. Was, wenn Nidög den Prinzen Gwen entdecken würde? Bei dem Gedanken, dass er dem Prinzen etwas antun könnte wurde ihr ganz traurig und elend. Die Tränen rannen ihr ganz wie von selbst über die Wangen. Sie machte gar keinen Versuch, sie aufzuhalten.
Niccessas Tränenperlen lenkten den bösen Wassermann ab. Er bemühte sich, um alle aufzufangen. „Sie schimmern und glimmern, sie machen mich reich", murmelte er immer wieder, während er sie in seine Truhe packte.
Als die Tränen der Prinzessin versiegt waren, gähnte er. „Ich habe lange auf der Lauer gelegen, doch kein Fischlein wollte mir ins Netz gehen. Das Jagen hat mich müde gemacht. Jetzt will ich schlafen. Es ist wohl doch niemand außer uns hier, sonst wäre er schon längst herausgekommen und ich hätte ihn gefangen genommen. Keiner nimmt dich mir weg."
„Willst du mir denn nicht die Fessel abnehmen? Du bist doch jetzt hier", fragte die Prinzessin rasch.

Der Wassermann schaute sie kalt an. „Egal was du planst. Du kannst mir nicht entkommen. Selbst wenn du aus der Höhle fliehen könntest, so würde ich dich schnell finden."

„Bitte, die Kette drückt und tut mir weh. Mach sie mir doch ab." Niccessa versuchte zu lächeln. „Ich gewöhne mich schon fast an die Höhle. Die Dunkelheit ist ... ähm ... besonders." Nidög trat näher und betastete ungeschickt ihre Hüfte, sodass es der Prinzessin vor Abscheu übel wurde. „Du wirst dich eines Tages eingewöhnt haben und dich hier wohlfühlen", murmelte er. „Bis dahin werde ich gut auf dich aufpassen. Du wirst mir niemals entkommen", mit diesen Worten löste er die Schnur. Anschließend legte er sich vor den Ausgang der Höhle und war bald schon eingeschlafen.

Vorsichtig kam Gwen aus seinem Versteck. „Du hast Recht, er ist böse. Ich werde alles tun, um dich aus seinen Klauen zu befreien, Prinzessin."

Er zog sein Jagdmesser aus dem Gürtel, doch Niccessa legte ihm die Hand auf den Arm. „Er ist meines Vaters Bruder, wir können ihm nichts tun", flüsterte sie traurig. „Diese Schuld können wir nicht auf uns laden." Ihr Blick fiel auf die goldene Schnur, die Nidög achtlos liegen gelassen hatte.

Der Prinz verstand, nahm vorsichtig die Schnur und fesselte den Wassermann. Nidög schlief so fest, dass er dies gar nicht bemerkte. Dann nahm er Niccessas Hand. „Ich bringe dich nach Hause", sagte er und murmelte einen Zauberspruch. Ganz leise und behutsam schwebten die beiden über den Wassermann hinweg und den finsteren Dunkelgraben hinauf.

„Es ist mir ganz egal, ob deine Tränen wie Perlen sind. Ich will dich niemals traurig machen und dich schon gar nicht weinen sehen. Wenn du es mir erlaubst, dann werde ich deinen Vater um die Erlaubnis bitten, dich als meine Gemahlin in das Reich der Östlichen Meere zu bringen", flüsterte Gwen der Meeresprinzessin zu, während er ihr am Rand des Grabens auf sein Wasserross half und aus der Tiefe das dumpfe Geheul es erwachten Nidög erklang.

Heute gab es im Palast des Meereskönigs ein ganz besonderes Fest. Die Meeresprinzessin, das einzige Kind des Königs und der Königin der Westlichen Ozeane, heiratete nämlich Prinz Gwen, den Sohn des Königs der Östliche Meere.

Der Festsaal glänzte und glitzerte schon von weitem. An der gläsernen Decke schwebten tausende von leuchtenden Fischen. Die perlmutternen Wände schimmerten hell rosa, dass es eine Pracht war. Doch damit nicht genug: zur Feier des Tages hatte der König das Meeresleuchten angestellt. Es strahlte in einem warmen Licht aus dem Meeresboden selbst heraus.

Während die Prinzessin und ihr zukünftiger Gemahl den Saal durchschritten, kamen sie sich vor, als würden sie auf einer Bahn aus Licht laufen.

Beim Anblick seiner geliebten Tochter strahlte der König mit dem Festsaal um die Wette.

„Ist sie nicht wunderschön", raunte er dem König der Östlichen Meere zu, der neben ihm stand und das Pärchen wohlwollend betrachtete.

„Sie sieht ihrer Mutter, eurer Gemahlin ähnlich", antwortete der König der Östlichen Meere.

„Eben, und das ist auch gut so", lächelte die Königin. „Und jetzt wollen wir unsere Tochter mit Prinz Gwen vermählen."

Der Sonnenstein

Der Schein des Vollmondes ließ die Silberburg strahlen und funkeln, so, als wäre sie aus Sternenlicht und Mondschein gemacht. Weil sie hoch auf einen Berg gebaut worden war, sah es so aus, als würde sie über den Wolken schweben.

Laut einer uralten Sage lebten hier die letzten Angehörigen des Feenvolkes ...

Ein Bad im Mondschein

Amber hob die Arme und drehte sich langsam um sich selbst. Wie immer bei Vollmond war sie auf den höchsten Turm der Burg gegangen, um im Mondlicht zu baden. In Nächten wie diesen fühlte sie sich ein bisschen weniger allein.

Sie seufzte tief. Früher war die Burg voller Leben gewesen. Ihre Eltern hatten viele Feste gefeiert und alle Zauberer und Geisterwesen waren gern zur Burg des Königs und der Königin des Feenreiches gekommen.

Das änderte sich schlagartig. Durch einen Zauber waren plötzlich alle Bewohner der Burg verschwunden gewesen. Nur Amber blieb allein zurück. Damals war sie noch ein Kind gewesen, gerade einmal einhundertfünfzig Jahre alt. Trotzdem erinnerte sie sich sehr gut daran:

Sie hatte, wie immer, den Tag verschlafen. Doch statt nach Sonnenuntergang in ihrem Bett aufzuwachen, fand sie sich an diesem Abend mitten

auf dem Burghof wieder. Wie sie hier hinge-
kommen war, erschien ihr unbegreiflich. Verwundert stand sie auf. Alles war anders. Wo
sonst nach dem Sonnenuntergang gewerkelt,
gekocht, gerufen und gelacht wurde, herrschte
plötzlich eine gespenstische Stille. Amber rieb
sich verschlafen die Augen. Wieso war es so ruhig? Wo waren alle?

Alles Suchen und alle verzweifelte Rufe halfen nicht. Von den Burgbewohnern fehlte jede Spur. Das änderte sich auch nach Tagen und Wochen nicht. Amber blieb mutterseelenallein.

Oft versuchte die kleine Feenprinzessin die Silberburg zu verlassen, doch es gelang ihr nie. Sobald sie das schwere Burgtor mühsam geöffnet und einen Schritt über die Schwelle gesetzt hatte, wurde es ihr schwindelig.

Ging sie trotzdem weiter, wurde es ihr schwarz vor Augen, alles drehte sich um sie. Sie wurde ohnmächtig.

Anschließend wachte sie immer auf dem Burghof auf, obwohl sie sich nicht daran erinnern konnte, wie sie dort hin gelangt war. Das Burgtor fand sie wie durch Zauberhand geschlossen vor.

Auch ließ sich kein Besucher mehr auf der Silberburg blicken. Amber war und blieb allein.

Bald gab sie es auf, aus ihrem Gefängnis zu entkommen. Wohin hätte sie auch gehen sollen?

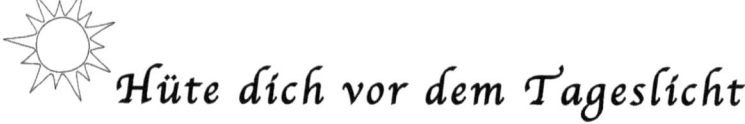

Hüte dich vor dem Tageslicht

Das alles war lange her, Amber hatte einhundertneunundvierzig weitere einsame Geburtsnächte erlebt Bald würde ihre dreihundertste Geburtsnacht sein.

Aber jetzt stand sie auf dem höchsten Turm und badete im Licht. Ihr erstes Mondbad kam ihr in den Sinn:

Die Königin hatte sie eines Abends sanft bei der Hand genommen und auf den Turm geführt.

"Das Licht des vollen Mondes ist etwas ganz besonderes", hatte sie ihrer Tochter erklärt. "Es gibt uns unsere Zauberkraft. Der Mond ist sanft und gut. Die Nacht ist unsere Zeit, das musst du dir merken, mein Kind. Hüte dich vor dem Tageslicht. Wir sind die letzten unserer Art und du bist eine Feenprinzessin mit einer ganz besonderen Gabe", hier hatte die Mutter eine Pause gemacht.

„Was ist das für eine Gabe, Mutter", hatte Amber neugierig gefragt, denn sie kam sich überhaupt nicht besonders vor.

Die Königin hatte nicht sofort geantwortet, sondern ihre Tochter prüfend angeschaut.

„Du bist noch zu jung und wirst es du früh genug erfahren", hatte sie geseufzt, während eine Wolke den Mond verdunkelt hatte und es Amber so kalt wurde, dass sie gezittert hatte.

Aber dann war der Moment vergangen, der Mond schien wieder hell und freundlich.

Ihre Mutter hatte ihr schützend den Arm um die Schulter gelegt und ihr das widerspenstige Haar aus dem Gesicht gestrichen.

"Die Sonne ist mächtig, sie kann uns mit ihren Strahlen verbrennen. Darum noch einmal, hüte dich vor dem Tageslicht, Amber!"

Diesen Rat hatte die kleine Fee immer befolgt. Tagsüber hielt sie sich im Inneren der Silberburg auf und wagte sich erst nach Sonnenuntergang nach draußen. Das machten schließlich alle Feen so.

 ## Mondlicht macht nicht satt

Entschlossen schüttelte Amber den Kopf, sodass ihre honigfarbenen Haare hin und her
flogen. Sie wollte sich diese schöne Nacht
nicht durch trübe Gedanken verderben.

"Trotzdem wäre es schön, das Mondlicht mit
jemandem zu teilen!" Sie sprach ihren Gedanken laut aus und schrak zusammen, als sie neben sich eine Stimme hörte.

"Teilen hört sich gut an, aber ein saftiges
Hühnchen wäre mir lieber. Vom Mondlicht
wird man nicht satt."

Verblüfft schaute Amber sich um und entdeck-
te zu ihren Füßen einen Fuchs, der sie treu-
herzig ansah und dabei zierlich eine Pfote hob.

"Wenn ich mich vorstellen darf, mein Name ist
Frido. Ich habe dich schon öfter auf diesem
Turm gesehen und mich gefragt, was du da
machst, so ganz allein."

"Wie bist du bloß in die Burg gekommen?",
fragte Amber atemlos. Ihre Gedanken über-
schlugen sich. Gab es vielleicht doch eine Mög-
lichkeit die Burg zu verlassen, die sie bisher
übersehen hatte?

"Och, das ist leicht", erwiderte Frido ein wenig hochnäsig. "Unsereiner findet immer ein Schlupfloch. Was meinst du, wie viele Hühnerställe ich schon geplündert habe. Ich habe einen Riecher für günstige Einstiegsmöglichkeiten ..."

"Das ist interessant, aber ein Hühnerstall ist die Silberburg nicht gerade", fiel ihm Amber ins Wort. "Also sag schon: Wie bist du hereingekommen."

Frido rümpfte beleidigt die Nase. "Sag du mir erst einmal, wer du bist und warum du ganz allein in einem so großen Bau lebst. Hier ist doch alles viel zu riesig für ein so kleines, dürres Mädchen wie dich."

"Hey, du, ich bin überhaupt nicht klein und schon fast dreihundert Mondjahre alt." Die Fee ließ den Kopf hängen. „Doch die Hälfte dieser Zeit bin ich allein. Und nur, damit du das weißt, ich bin kein Mädchen, sondern eine Fee. Deshalb kann ich auch deine Sprache verstehen. Wir Feen sprechen nämlich alle Tiersprachen. Meine Eltern sind der König und die Königin des Feenreiches."

Amber erzählte dem Fuchs, ihre seltsame Geschichte. Frido hörte ihr aufmerksam zu, ohne sie auch nur ein einziges Mal zu unterbrechen. Als die kleine Fee ihre Geschichte beendet hatte, schaute er sie nachdenklich an.

"Eine Fee bist du also? Das kommt mir komisch vor, denn ich habe schon viele Feen gesehen und sie schauten ganz anders aus als du."

Amber runzelte verdutzt die Stirn. "Natürlich bin ich eine Fee. Sogar eine Feenprinzessin. Was sollte denn anderes an mir sein?"

"Nun ja, die Feen, die ich gesehen habe leuchten anders als du. Du leuchtest auch schön, aber nicht silbrig und kühl wie das Mondlicht, sondern warm und goldig, fast wie die Sonne. Übrigens ist Feenhaar fein und silbern und sehr glatt. Es sieht aus wie aus fließenden Mondstrahlen gemacht. Dein Haar ist nicht besonders fein, sondern dick und lockig. Fast wie Sonnenstrahlen. Es erinnert mich zudem an den Draht, mit dem so mancher Mensch seinen Hühnerstall schützen will. Trotzdem mag ich dein Haar, denn es sieht lecker aus. Die Farbe erinnert mich an den Inhalt des Honigtopfes, den ich einmal in einem günstigen Moment erwischt habe", hier musste Frido heftig schlucken, denn das Wasser war ihm im Munde zusammengelaufen.

"Nein, das kann nicht sein", rief Amber erschrocken. "Meine Mutter hat mich vor dem Tageslicht gewarnt. Die Sonne verbrennt uns Feen mit ihrem Feuer. Egal wie mein Haar aussieht habe ich nichts mit der Sonne und ihren Strahlen zu tun."

"Das weiß ich nicht. Unsereiner schläft ja meistens tagsüber und geht in der Nacht auf die Jagd."

Frido blickte bedauernd zum Horizont. "Leider ist für diese Nacht die Jagdzeit verstrichen, ohne dass ich an einen leckeren Bissen gelangt wäre. Wenn du das Sonnenlicht vermeiden willst, so solltest du dich langsam in der Burg verstecken."

Wirklich rötete sich der Horizont bereits, die Sonne ging auf.

"Sehen wir uns morgen wieder? Schließlich musst du mir noch deinen Schleichweg in die Burg zeigen", rief Amber Frido zu, während sie sich hastig an den Abstieg machte. Schließlich wollte sie rechtzeitig in ihr Zimmer kommen, ohne von der Sonne verbrannt zu werden.

"Mal sehen. Aber erst muss ich mich sattessen, denn mit einem knurrenden Loch im Bauch kann ich nicht denken."

# Frido hat einen Plan

Von da an trafen sich Amber und Frido in jeder Nacht. Der Fuchs zeigte Amber seinen geheimen Weg in die Silberburg. Leider konnte sich die kleine Fee nicht durch den schmalen Mauerschlitz zwängen, so sehr sie sich auch bemühte. Dabei war sie selbst für eine Fee besonders zierlich.

„Das habe ich mir gedacht", erklärte Frido und nickte klug. „Selbst du kommst nicht durch die Lücke in der Mauer. Du bist zwar eine ziemlich kleine und mickerige Fee, aber unsereiner ist eben viel gelenkiger."

„Hey, wie oft soll ich dir noch sagen, dass ich nicht klein bin", rief Amber empört aus, beruhigte sich aber schnell, weil Frido sie verschmitzt angrinste.

„Ist ja gut, das habe ich nicht so gemeint."

Einmal brachte Frido ihr ein frisch erbeutetes Huhn mit, um es mit ihr zu teilen. Amber schüttelte sich.

„Das kann ich nicht essen! Wir Feen essen niemals Fleisch. Wir ernähren uns von Nektar.

Der Keller der Silberburg ist voll mit Krügen davon." Sie hatte sich noch nie Gedanken ums Essen gemacht.

Frido machte es nichts aus, dass sie sein Huhn nicht essen wollte. „In Ordnung, dann werde ich das zarte Hühnchen allein verzehren", erklärte er und ließ das Huhn verschwinden, um es später in aller Ruhe aufzuessen. „Aber sag einmal: was machst du, wenn alle Krüge mit Nektar leer sind?"

Amber fasste sich an den Kopf. "Daran habe ich überhaupt noch nicht gedacht. Wenn alle Krüge leer sind, dann muss ich wohl verhungern. Aber es sind ziemlich viele Krüge. Also habe ich erst einmal genug zu essen. Es ist viel schlimmer, dass ich so allein bin."

Sie kraulte Frido hinter dem Ohr, was diesen vor Wohlbehagen grunzen ließ.

"Ganz allein bin ich ja nicht mehr. Ich bin so froh, dass du den Weg hierher gefunden hast. Aber manchmal sehne ich mich so sehr nach meiner Familie, dass ich mich ganz krank fühle."

"Nun", sagte Frido zögernd. "Ich hätte eine Idee. Aber dazu musst du versuchen die Burg zu verlassen."

Amber zuckte mit den Schultern. "Ich will alles tun, wenn es mir nur meine Familie zurück-

bringt, doch ich komme nicht durch das Burgtor."

"Das hast du mir schon erzählt. Wenn du versuchst die Burg durch das große Tor zu verlassen wird dir schwindelig und dann wirst du
ohnmächtig. Anschließend wachst du im
Burghof wieder auf. Das kann nicht mit rechten Dingen zugehen. Wenn du also noch einmal versuchst, die Burg zu verlassen, so könnte ich mich in der Nähe verstecken und sehen,
was vor sich geht."

Amber schauderte es. „Meinst du wirklich,
dass wir es versuchen sollen? Ich fühle mich
hinterher immer ganz schlimm."

„Aber das ist es wert. Nur so können wir her-
ausfinden was hier los ist", versuchte Frido sie
zu überzeugen.

Schließlich willigte Amber in den Plan ein.

Gleich am nächsten Abend machten sich die
beiden auf den Weg zum Burgtor. Wie so oft
öffnete Amber mühsam den schweren Torflü-
gel, und während sich der Fuchs in der Nähe
versteckte, machte die kleine Fee einen Schritt
auf die Torschwelle zu. Sofort wurde ihr
schwindelig und übel.

Noch ein weiterer Schritt.

Sie setzte den Fuß auf die Schwelle.

Ihr Herz begann wie wild zu klopfen, die Beine gaben unter ihr nach. Es wurde ihr schwarz vor Augen und sie fiel in eine tiefe Ohnmacht.

„Alles ist gut!"
Ein rot - braunes, gutmütiges Gesicht, beugte sich über Amber. Sie schlug die Augen auf, blinzelte und bemerkte dann, dass Frido ihr sacht über die Wange leckte. Vorsichtig setzte sie sich hin, weil ihr immer noch schwindelig war.
„Hast du etwas gesehen?", fragte sie neugierig.
„Und ob", Frido trippelte aufgeregt von einer Pfote auf die andere.
„Ich glaube, dass wir dem Rätsel ein ganzes Stück näher gekommen sind. Aber eins nach dem anderen. Wie fühlst du dich? Kannst du laufen? Ich hätte dich schon längst in deinen Bau gebracht, aber du bist mir zu schwer, obwohl du ein ziemlich mickeriges Mädchen bist."
„Ich bin eine Fee, wie oft soll ich dir das noch sagen! Und überhaupt kann ich gut allein laufen." Amber richtete sich auf. Obwohl sie noch etwas wackelig auf den Beinen war, begann sie den Aufstieg zur Burgzinne.
Frido folgte ihr, wobei er ununterbrochen redete. „Also - ich hatte mich gut versteckt,

selbst du hast mich nicht gesehen, stimmt's? Ja, unsereiner ist schon ein Meister der Schleichkunst. Das liegt in meiner Natur. Was meinst du, wie viele fette Hühnchen ich schon auf diese Art ergattert habe. Man muss eben sehen, wo man bleibt. Die Menschen wollen all die wohlschmeckenden Hühner für sich allein ..." Hier unterbrach ihn Amber, denn sie waren auf der Burgzinne angekommen.

„Jetzt hör schon auf von deinen ekeligen toten Hühnern zu erzählen. Was hast du gesehen?"
Frido klappte für einen Augenblick beleidigt die Schnauze zu, erzählte aber dann weiter.

„Also, noch einmal von vorne: Ich hatte mich gut versteckt und dir zugeschaut, wie du das Burgtor öffnetest. Übrigens, das hätte ich dir kleiner Person gar nicht zugetraut."
Ein Blick von Amber genügte, er verbesserte sich schnell.

„Ja, ich weiß, du bist eine Fee. Du bist näher und näher an die Schwelle getreten und plötzlich bist du umgekippt", er schnalzte mit der Zunge. „Einfach so. Erst wollte ich zu dir hinlaufen, denn ich hatte Angst, du hättest dich verletzt, doch dann ..."

 # Der schwarze Ritter

Frido wartete ab. Schließlich hatte er sich versteckt um herauszufinden, was hier gespielt wurde. Er musste nicht lange warten. Kaum, dass Amber bewusstlos auf der Torschwelle zusammengebrochen war, näherte sich eine finstere Gestalt.

Woher der schwarze Ritter plötzlich gekommen war, konnte selbst Frido, der stolz auf sein feines Gehör war, nicht ausmachen. Er duckte sich und schmiegte sich enger in sein Versteck, denn dieser Ritter kam ihm sehr unheimlich vor. Am Liebsten wäre er weggelaufen. Einzig die Sorge um Amber ließ ihn dableiben. Also lugte er vorsichtig um die Ecke und sah zu seinem Erstaunen, dass sich der schwarze Ritter über die kleine Fee gebeugt hatte. Zärtlich strich er ihr die Haare aus dem Gesicht. Dann hob er sie mit einer vorsichtigen Bewegung auf und trug sie behutsam in Richtung des Burghofes.

Frido folgte ihm verstohlen. Auf dem Burghof angekommen legte der schwarze Ritter Amber sehr behutsam auf dem Boden ab.

„Ich weiß, dass du hier bist und mich beobach-
test. Du kannst dich zeigen", rief er mit bitterer
Stimme.
Frido erstarrte, war es möglich, dass der Ritter
ihn entdeckt hatte? Sollte er aus seinem Versteck hervorkommen?

Ehe er zu einer Entscheidung gekommen war ballte sich, wieder wie aus dem Nichts, eine schwarze Wolke zusammen. Aus ihr kam eine in dunkle Kleider gehüllte Frau. Sie stand mitten auf dem Burghof.

„Du hast immer noch Gefallen an der hässlichen kleinen Fee?", zischte sie den schwarzen Ritter an. „Wann erkennst du endlich, dass ich dir so viel mehr bieten kann, als diese ... diese Missgeburt? Ich werde sie sowieso bald vernichten! Gewöhn' dich schon einmal an den Gedanken."

Der Ritter legte die Hand an den Gürtel, als würde er nach seinem Schwert tasten. „Wage es nicht, Mengia! Sie ist eine Prinzessin. Du weißt genau, dass nur alle fünftausend Jahre ein goldenes Feenkind geboren wird. Eine besondere Fee, die Sonne und Mond miteinander vereint, die das Reich der Feen und das Sonnenreich miteinander verbinden kann. Sonne und Mond lieben sie und sie kann auch am Tag in Freien sein. Die Sonne verbrennt sie nicht, wie es bei gewöhnlichen Feen der Fall ist."

Er schaute die schwarze Zauberin mitleidig an. „Du tust mir leid, weil du so eifersüchtig auf diese schöne kleine Fee bist. Aber egal was du machst, du wirst sie nicht verzaubern können, genau so wenig wie mich. Du kannst es versuchen, aber ich werde nie aufhören sie zu lieben."

Die Zauberin lachte so böse, dass es Frido kalt
den Rücken hinunterlief.

„Du liebst sie, du Dummkopf? Aber sie liebt dich nicht. Sie weiß nicht einmal, dass es dich gibt. Und wenn sie dich sehen würde, dann würde sie vor lauter Schreck erstarren. Schließlich bist du nicht mehr der goldene Prinz, sondern der schwarze Ritter. Dafür habe ich gesorgt. Deine Liebste wird mit dem nächsten Vollmond ihren dreihundertsten Geburtstag feiern. Im Morgengrauen des nächsten Tages werde ich sie besuchen. Ich werde ihr alle ihre Kräfte nehmen und sie mir zu Eigen machen. Dann bin ich die mächtigste aller schwarzen Feen. Sie kann nichts dagegen tun, weil sie den Sonnenstein nicht entdeckt hat. Sie wird ihn niemals finden. Aber selbst wenn sie ihn findet, weiß sie meinen Namen nicht. Deshalb kann sie sich nicht gegen mich wehren."

Wieder lachte die Zauberin schrill. Das klang so schrecklich, dass Frido sich die Ohren zuhielt.

„...dabei ist der Stein vor ihren Augen, aber sie ist zu dumm, um ihn zu sehen. Sie ist ja sogar so dumm, dass sie glaubt, das Sonnenlicht würde sie verbrennen. Dabei stimmt das gar nicht. Sie wird die Silberburg niemals von meinem Zauber befreien. Wenn ich der kleine Fee erst einmal ihrer Kräfte weggenommen habe, dann kannst du dich nicht mehr gegen mich wehren.

Zusammen werden wir ein dunkles Reich er-
richten."
Frido hatte die Pfoten von den Ohren genom-
men und hörte wieder, was die Zauberin sagte.
Jetzt ärgerte er sich, dass er sich die Ohren
überhaupt zugehalten hatte und so nicht alles
verstanden hatte, was die böse Mengia gesagt
hatte.
Er lugte vorsichtig aus seinem Versteck. Der
Ritter war neben Amber auf die Knie gefallen.
Er strich ihrl über das Haar.
„Leb wohl", murmelte er mit erstickter Stimme.
Seine Gestalt wurde undeutlich und war
schließlich verschwunden.
Die dunkle Zauberin beugte sich noch einmal
über die kleine Fee. „Bis bald, du hässliches
Feenkind, bald wird dein goldener Prinz mir
gehören, mir allein."
Auch ihre Gestalt verschwand.

 ## *Wo ist der Sonnenstein?*

„Wir müssen diesen Sonnenstein finden. Er ist irgendwo in der Burg versteckt. Ist er dir denn noch gar nicht aufgefallen? Überhaupt scheinst du auch bei Tag und im Sonnenlicht herumlaufen zu können." Frido verstummte, einerseits, weil ihm die Puste ausgegangen war, andererseits, weil er nichts mehr zu erzählen hatte.

Amber hatte ihm staunend zugehört, ihr schwirrte der Kopf. Konnte es sein, dass sie nur einen bestimmten Stein, den Sonnenstein, finden musste, um den Zauber, der über der Burg lag zu beenden und ihre Eltern wieder zu sehen? Doch wo sollte sie suchen?

Frido versuchte ihr Mut zuzusprechen. „Der Stein muss ganz leicht zu finden sein, du hast eben noch nie darauf geachtet. Denk nach! Wenn wir ihn erst einmal haben, so wird sich alles Weitere schon finden."

Amber ließ traurig den Kopf hängen. „Wir haben nicht mehr viel Zeit. Du hast es selbst gehört: Beim nächsten Vollmond ist mein dreihundertster Geburtstag. Bis dahin müssen wir den Sonnenstein haben, sonst wird die böse Fee mich vernichten." Etwas anderes fiel ihr ein: „Erzähl mir mehr von dem schwarzen Ritter. Er scheint gar nicht so böse zu sein, wie du es erst geglaubt hast. Wenn er wirklich der goldene Prinz wäre und die Zauberin ihn verhext hätte ... Meine Mutter hat mir so viel über ihn und sein Königreich erzählt. Ich wollte ihn immer schon einmal kennenlernen."

In den nächsten Nächten suchten Amber und Frido die Burg fieberhaft nach dem Sonnenstein ab, doch sie konnten ihn nicht finden. Alle Steine schienen gleich auszusehen. Nichts ließ darauf schließen, dass einer von ihnen besonders war. Schließlich gaben sie die Suche auf.

Am Abend vor Ambers Geburtsnacht saßen die beiden niedergeschlagen nebeneinander auf der Zinne der Silberburg.

„Was soll nur werden, ich weiß mir keinen Rat mehr", klagte die kleine Fee.

Frido stand entschlossen auf. „Ich gebe nicht auf, der verflixte Stein muss irgendwo sein."

Er tippte sich an die Stirn. „Mir fällt noch etwas ein. Der Ritter hat gesagt, dass du die Sonne nicht fürchten musst. Vielleicht ist das die Lösung. Möglicherweise kann man den

Stein nur am Tage erkennen. Du solltest es einfach einmal probieren."

Entsetzt musterte Amber den Fuchs. „Nein, das traue ich mich nicht. Was würde geschehen, wenn er sich irrt? Dann würde ich bestimmt verbrennen. Überhaupt, wenn ich den Stein in der Nacht nicht finde, warum sollte ich ihn tagsüber sehen können?"

„Weil er Sonnenstein heißt", erwiderte Frido nachdenklich. „Egal, ich werde jetzt noch einmal die Burg absuchen, vielleicht haben wir irgendetwas übersehen."

 # Bis die Sonne aufgeht

Heute war Ambers Geburtsnacht. Sie hatte Frido auf seiner Suche nach dem Stein nicht mehr begleitet, denn sie hatte allen Mut verloren. Traurig und voller Angst war sie aufgestanden und gleich auf die höchste Zinne der Burg gestiegen, wo sie sich hinsetzte und abwartete.

Frido hatte sich im Laufe des Abends schweigend und bedrückt neben sie gesetzt. Gemeinsam schauten sie dem aufgehenden Mond zu, der immer höher stieg und sie schließlich in sein Silberlicht tauchte. Die Nacht war sternenklar, keine noch so kleine Wolke verdeckte den Mond.

„Diese Nacht ist ganz besonders schön und wie für deinen Geburtstag gemacht. Ich schenke sie dir", sagte Frido schließlich leise.

„Danke", flüsterte die kleine Fee. „Es ist wunderschön. Ich kann nicht glauben, dass dies der letzte Vollmond für mich sein soll."

So saßen sie beieinander bis die Sonne aufging.

Amber, die sonst ängstlich in die Burg gelaufen war, blieb unbeweglich auf ihrem Platz.

„Ich werde einfach hier sitzen bleiben", murmelte sie leise. „Wenn die Sonne mich verbrennt, dann ist das besser, als für immer und ewig in der Burg eingeschlossen zu sein."

„So, meinst du", rief eine bösartige Stimme hinter ihr. „Jetzt ist meine Stunde gekommen, ich werde ein für alle Mal Schluss mit dir und deinem Geschlecht machen."

Erschrocken drehten Amber und Frido sich um und sahen sich der bösen Zauberin gegenüber. Doch ehe diese auch nur einem Finger rühren konnte, stand der schwarze Ritter zwischen ihr und Amber. „Du wirst sie nicht anrühren", sagte er mit gefährlich leiser Stimme. „Erst musst du mich besiegen!"

„Nichts leichter als das, mein goldener Prinz. Wenn du sie wirklich so sehr liebst, dann werde ich dir eben weh tun müssen. Ich habe lange genug Rücksicht auf dich genommen."

Die Zauberin wies mit ihrem Zauberstab auf den Ritter und ein gleißender Blitz traf ihn. Während sie einen weiteren Hagel aus Blitzen auf ihn niederregnen ließ, kicherte sie böse.

„Fühle meine Macht", kreischte sie dabei.

Der Ritter wandte sich unter dem Blitzeregen. Als er bewegungslos auf dem Boden lag, senkte die Zauberin den Zauberstab.

Amber und Frido hatten wie erstarrt dagesessen. Vor lauter Schreck konnten sie sich nicht bewegen. Jetzt wandte sich die böse Zauberin ihnen zu. „Nun zu euch", sagte sie drohend und hob wieder ihren Stab.

Doch bevor sie noch einen Zauber bewirken konnte, ging die Sonne auf und tauchte Amber in einen goldenen Schimmer. Die kleine Fee leuchtete in ihrem Schein hell auf. Wie im Traum schaute sie an sich hinab, hob die funkelnden Hände und betrachtete sie. Ein Strahl löste sich aus ihnen und traf den obersten Stein auf der Zinne. Der leuchtete golden auf, fast schien er heller als die Sonne.

Frido wies verblüfft darauf. „Das ist er! Der Sonnenstein", stammelte er fassungslos.

Im nächsten Moment löste er sich aus seiner Erstarrung, kletterte flink hinauf, hob den losen Stein aus seiner Verankerung und warf ihn Amber zu, die ihn geschickt auffing.

Während der Stein in der Hand er kleinen Fee hell funkelte, versuchte die Zauberin sich auf sie zu stürzen, um ihr den Sonnenstein zu entreißen.

„Schnell, sie heißt Mengia, du musst ihren Namen sagen. Und du musst den Zauber, den sie über die Burg gelegt hat aufheben", schrie Frido und stellte sich der Zauberin in den Weg.

Amber hob den Arm. „Mengia, sei auf ewig verdammt in der schwarzen Finsternis. Deinen Zauber hebe ich auf. Die Silberburg soll wieder zum Leben erwachen. Und auch alle anderen deiner bösen Flüche sollen nicht mehr wirksam sein", die Worte kamen ihr von ganz allein über die Lippen, während sich ein gleißender Strahl aus dem Sonnenstein auf die Zauberin richtete und sie ganz einhüllte.

„Ich verbrenne", kreischte Mengia und verschwand. Von ihr übrig blieb ein Häuflein dunkler Asche, das schnell vom aufkommenden Wind über die Brüstung geweht wurde.

Amber wandte sich dem schwarzen Ritter zu, doch statt der düsteren Gestalt lag hier der goldene Prinz, zwar in tiefer Ohnmacht, doch atmete er ruhig und stetig.

Amber setzte sich und legte seinen Kopf in ihren Schoß. „Er hat sich der bösen Zauberin in den Weg gestellt", sagte sie leise. „Er wollte uns beschützen."

„Ich glaube, er wollte erst einmal dich beschützen", stellte Frido fest.

Die kleine Fee strich dem goldenen Prinz sacht über die Stirn. „Ach, dich wollte er auch retten", sagte sie und betrachtete den Prinzen aufmerksam. „Er ist sehr tapfer und gut ... und er sieht sehr gut aus", fügte sie leise hinzu.

„Ob er gut aussieht weiß ich nicht", brummte Frido und verdrehte die Augen zum Himmel. „Aber er ist fast so tapfer wie ich."

Der Prinz regte sich und schlug die Augen auf. „Was ist passiert?" Sein Blick fiel auf Amber. „Ihr seid also gerettet. Ganz ohne meine Hilfe ..."

„Der Sonnenstein hat uns alle gerettet und das Sonnenlicht", antwortete Amber.

Frido holte tief Luft. „Ich habe es dir doch gleich gesagt, du kannst ruhig auch tagsüber hinaus, die Sonne verbrennt dich überhaupt nicht. Wenn du bloß nicht immer so ängstlich wärst, kleines Mädchen!"

„Ich bin kein Mädchen, ich bin eine Fee, wie oft soll ich dir das noch sagen?!"

Der Sonnenstein hob den Zauber der
bösen Mengia vollständig auf. Amber war noch
am selben Abend mit ihrer Familie vereint.
Bald feierte man auf der Silberburg ein großes
Fest zu Ambers Ehren. Ein ganz besonderer
Gast bedankte sich von Herzen für seine Ret-
tung und gestand Amber, dass er schon lange
sein Herz an sie verloren hatte. Er bat darum
sie heiraten zu dürfen.

Frido, der einen Ehrenplatz an Ambers Seite hatte, rümpfte empört die Nase.

„Hoffentlich hat der goldene Prinz auf seiner Burg einen anständigen Hühnerstall, sonst wird das nichts mit einer Heirat, schließlich kann ich ein so mickeriges Mä ...", hier unterbrach sich der Fuchs, weil Amber ihn streng musterte. „Ich meine eine so junge und unerfahrene Fee nicht allein an den Hof des goldenen Prinzen ziehen lassen, auch nicht als seine Frau!"

Der verzauberte Wald

Am Rande eines kleinen Dorfes gab es seit ewigen Zeiten einen dunklen Wald.
Die Bäume sahen aus, als wären sie aus Stein.
Kein Sonnenstrahl verirrte sich hier her, es war kein Vogelgezwitscher zu hören und schon gar kein verstohlenes Rascheln von einem Eichhörnchen oder einem Igel. Denn die Tiere mieden diesen Wald genauso wie die Menschen.
Deshalb nannten die Dorfbewohner ihn den Finsterwald.

Jule, ein kleines Mädchen, wohnte mit ihren Eltern in einem kleinen Haus am Rand des Dorfes. Hinter dem Haus gab es einen schönen Garten und eine große Wiese, die direkt an den Wald grenzte.
Oft hatten Vater und Mutter sie gewarnt, dem Finsterwald zu nahe zu kommen.
„Hüte dich vor dem bösen Wald. Wer ihn betritt, der findet nie wieder hinaus", sagten sie. „Das war schon immer so. Schon unsere Eltern haben uns vor dem Wald gewarnt."
Julie lachte und zuckte mit den Schultern. „Ihr müsst euch nicht sorgen. Warum sollte ich in den dunklen Wald gehen? Bestimmt ist es dort gruselig und kalt. Ich bleibe lieber im Sonnenschein."

An einem schönen Sommertag spielte Jule mit ihrem kleinen Hund Simba auf der Wiese hinter dem Haus. Sie warf Simba immer wieder seinen Lieblingsball zu. Er fing den Ball geschickt auf und brachte ihn ihr zurück. Dann lief er schnell auf seinen Platz zurück und wartete auf Jules nächsten Wurf. So spielten die beiden eine ganze Weile.

„Ach herrje", Jule fiel ein, dass die Mutter sie darum gebeten hatte, noch Milch zu holen. „Noch einmal werfe ich, dann habe ich keine Zeit mehr", erklärte sie Simba, holte weit aus und warf dem Ball so fest sie konnte.

Aber was war das? Der Ball flog und flog, bis er schließlich auf dem Boden aufschlug und auf den Waldrand zurollte. Simba lief hinterher.

„Halt, Simba! Nicht in den Wald laufen!", rief Jule so laut sie konnte, aber der Hund hörte nicht auf sie und war schnell im Wald verschwunden. Jule blieb für einen Moment wie angewurzelt stehen. Was sollte sie tun? Bis sie die Eltern geholt hatte, war Simba vielleicht schon so tief in den Wald hineingelaufen, dass er nie wieder hinaus finden würde und verhungern und verdursten müsste. Sie entschloss sich, erst einmal bis zu Waldrand zu laufen. Vielleicht würde sie Simba sehen.

So rannte sie so schnell sie konnte los. Am Saum des Waldes blieb sie stehen und rief ganz laut nach ihrem Hund. Dann horchte sie mit angehaltenem Atem. Tatsächlich hörte sie ein leises Weinen. Bestimmt war Simba in Gefahr! Jule überlegte nicht lange, sondern lief auf das Geräusch zu.

Wie kalt es hier war und, bis auf das leise Weinen, ganz still. Mit klopfendem Herzen ging Jule weiter. Als sie nach oben, in die in einander verschlungen Baumwipfel schaute, erschrak sie. Die Bäume hatten Gesichter. Sie schauten ganz traurig aus. Schließlich blieb Jule vor einem kleinen Bäumchen stehen, das ihr gerade bis zu den Knien reichte. An seinem dünnen Stamm rannen dicke Tränen hinab und versickerten im Waldboden. Jule vergaß für einen Augenblick ihren Hund, denn das Bäumchen tat ihr sehr leid. Sie kniete sich hin, strich vorsichtig über die zarten Blätter und hörte das Bäumchen seufzen.

„Das tut gut", murmelte es.

„Warum weinst du denn so", fragte Jule mitfühlend, obwohl sie sich ein bisschen wunderte, dass das Bäumchen sprechen konnte.

„Ach, das ist eine traurige Geschichte", seufzte das Bäumchen. „Ich bin so allein. Alle meine Brüder und Schwestern sind zu Stein erstarrt.

Du musst wissen, dass ein böser Zauberer in diesem Wald lebt. Er hat sie mit einem Bann belegt. Mich hat er wohl vergessen, weil ich damals noch viel kleiner war, als ich es jetzt bin. Seit vielen Jahren lebe ich allein in diesem Wald. Auch die Tiere, die hier wohnten sind wie meine Brüder und Schwestern zu Stein erstarrt. Wen der Zauberer nicht erwischt hat, der ist so schnell er konnte weggelaufen. Selbst der Wind meidet diesen Wald. Manchmal sehne ich mich so sehr danach, dass er meine Blätter streichelt, dass ich ganz traurig werde und weinen muss."

„Du Armer", flüsterte Jule und strich noch einmal über die Blätter. „Aber sag, hast du vielleicht meinen kleinen Hund gesehen? Er ist vorhin in den Wald gelaufen. Ich suche ihn."

„Oh weh, wenn der Zauberer ihn erwischt, dann wird er ihn auch zu Stein verwandeln. Dann muss er immer und ewig hier im Wald bleiben", sagte das Bäumchen traurig.

„Simba!" Jule lief ein kalter Schauer über den Rücken. „Was kann ich nur tun, damit ihm nichts geschieht?"

„Hier ist dein Hund nicht vorbeigekommen, aber vielleicht kann ich dir trotzdem helfen", murmelte der kleine Baum nachdenklich.

„Aber dazu musst du die ganze Geschichte anhören."

Also setzte sich Jule neben ihren neuen Freund und das Bäumchen erzählte ihr die traurige Geschichte des Finsterwaldes:

„Es war schön in unserem Wald. Wir Bäume lebten in Frieden mit den Tieren. Wir gaben ihnen Nahrung, spendeten ihnen Schatten und sie erfreuten uns mit ihrer Gesellschaft. Der Regen erfrischte uns, der Wind strich durch unsere Kronen und streichelte uns. Manchmal wehte er ziemlich heftig, dann half er uns, die welken Blätter und unsere Früchte, so wie Tannenzapfen, Eichel und Kastanien, abzuwerfen. Alles war friedlich bis der Zauberer auftauchte.

Oft strich er durch unseren Wald, murmelte und grummelte vor sich hin, denn er hat immer schlechte Laune und kann überhaupt nicht fröhlich sein. Niemals ist er gut gelaunt, niemals lacht er.

An einem Nachmittag lief er wieder einmal herum, murmelte Verwünschungen und machte komische Verrenkungen. Da ist es passiert. Seine Hosenträger sind aufgegangen und ihm um die Ohren geflogen. Gleichzeitig ist ihm die Hose nach unten gerutscht und er ist auf seine krumme Nase gefallen. Das sah so komisch aus, dass alle Bäume laut lachen mussten und die Tiere, die das mit angesehen haben auch. Da ist der Zauberer furchtbar wütend geworden. Er ist aufgestanden, hat seine Hosenträger wieder festgemacht und hat geschrien, dass niemand über ihn lachen darf. Auch keine Bäume und die Tiere schon gar nicht. Dann hat er einen Fluch über unseren Wald verhängt. Er ist überall herumgelaufen und hat jeden Baum und alle Tiere, die er erwischen konnte, in Stein verwandelt, nur mich nicht. Am nächsten Tag ist er wiedergekommen und hat noch einmal geschaut, ob wirklich alle zu Stein erstarrt sind. Er ist an mir vorbeigestampft. Ich habe versucht ganz starr und steif auszusehen. Aber er hat gar nicht auf mich geachtet, sondern wieder vor sich hingemurmelt. Ich habe genau hingehört. Er hat gesagt, dass nur ein ganz besonderer Mensch den Wald erlösen kann. ‚Es muss ein Kind sein. Dieses Kind muss etwas können, was ich nicht kann. Aus ganzem Herzen lachen. Aber nicht nur das. Es muss sich trauen, meinen Namen auszusprechen. Niemals wird sich so jemand finden, so wahr ich Grumbatz Grummelius heiße'. Das hat er gesagt. Seitdem sind viele Jahre vergangen und der Fluch ist immer noch nicht gebrochen worden. Genau so, wie er es vorausgesagt hat."

Jule ließ traurig den Kopf hängen. „Ich glaube nicht, dass ich den Fluch brechen kann. Ich habe eine solche Angst vor dem Zauberer Grumbatz Grummelius, dass ich bestimmt nicht lachen kann, wenn ich ihn sehe."

„Dann werden meine Brüder und Schwestern wohl nie erlöst werden. Ich werde immer einsam und allein hier leben müssen", sagte der kleine Baum und ließ seine Blätter hängen. „Aber nun musst du deinen Hund suchen. Vielleicht findest du ihn, bevor der Zauberer ihn sieht. Dann komm schnell wieder hier her zu mir. Ich zeige dir die Richtung, in die du gehen musst, um aus dem Wald herauszufinden.

So machte sich Jule auf, um weiter nach Simba zu suchen. Jetzt, wo sie wusste, dass es hier einen bösen Zauberer gab, ging sie ganz vorsichtig weiter und rief vorsichtshalber nur leise nach Simba.

Bald hörte sie ihren Hund winseln. Leise schlich sie weiter und kam an eine Lichtung. Sie versteckte sich hinter einem Baumstamm und lugte um die Ecke. Was sie sah, erschreckte sie sehr. Simba stand mitten auf der Lichtung, duckte sich und winselte, als ob ihm etwas wehtun würde. Vor ihm hatte sich der

Zauberer aufgebaut. Er hob bedrohlich die Arme und murmelte eine Zauberformel.

Scheinbar war er dabei, den Hund in Stein zu verwandeln. Als Jule den armen Simba so furchtbar winseln und wimmern hörte, wurde sie furchtbar wütend. Sie dachte nicht lange nach, sondern sprang auf die Lichtung.

„Lass gefälligst meinen Simba in Ruhe, Grumbatz Grummelius, er hat dir gar nichts getan", schrie sie, so laut sie konnte und stellte sich vor ihren Hund. „Was bist du gemein und feige, dass du alles in Stein verwandelst", fügte sie hinzu.

Der Zauberer schaute verblüfft auf das Mädchen, das es sich traute, ihm entgegenzutreten, denn damit hatte er nicht gerechnet. Er machte einen Schritt auf Jule und Simba zu. Dabei achtete er nicht darauf wohin er trat, blieb mit seinen großen Pantoffeln an einer Wurzel hängen und fiel auf die Nase.

Simba, der plötzlich ganz mutig geworden war, knurrte, sprang auf den Zauberer und kniff ihm kräftig in den Hosenboden. Anschließend ging er vorsichtshalber hinter Jule in Deckung.

So etwas hatte Grumbatz Grummelius noch nie erlebt, deshalb quietschte er erschrocken. Das hörte sich so komisch an, dass Jule laut lachen musste. Sie konnte gar nichts dazu, das Gelächter perlte nur so aus ihr heraus. Vor lauter Lachen hielt sie sich den Bauch und fast schien es ihr, als ob auch Simba kicherte.

Doch es waren nicht nur Jule und Simba, die lachten. Um die beiden herum waren plötzlich lauter Geräusche zu hören. Gleichzeitig strich der warme Sommerwind durch den Wald, der plötzlich gar nicht mehr dunkel und traurig aussah.

Vor lauter Erstaunen hörte Jule auf zu lachen und lauschte. Sie hörte leises Vogelgezwitscher. Als sie richtig hinschaute, sah sie Eichhörnchen durch das auf einmal grün gewordene Blätterdach lugen und einen Hasen über die kleine Lichtung hoppeln.

Aber was war mit Grumbatz Grummelius? Er lag immer noch auf dem Boden und schielte auf seine große Nase, auf der sich ein Marienkäfer niedergelassen hatte und seine Flügel putzte. Er musste keine Angst mehr vor dem Zauberer haben, weil der zu Stein erstarrt war.

Ganz vorsichtig, Schritt für Schritt, ging Jule zu ihm hin. Sie steckte die Hand aus und stupste seine große Nase an. Alles was sie fühlte war kalter Stein. Aber sie hatte keine Zeit, um sich zu wundern. Simba stupste sie mit der Nase an. Dann lief er zum Rand der Lichtung.

„Ja, ich komme schon", lächelte Jule. „Jetzt gehen wir schnell nach Hause. Schließlich muss ich noch Milch holen."

So kam es, dass der Wald am Rand des kleinen Dorfes einen neuen Namen bekam. Von nun an nannten ihn die Dorfbewohner den Flüsterwald, denn wenn der Wind durch die Baumwipfel strich, so kam es ihnen vor, als würde der Wald eine Geschichte erzählen.

Die Kürbiskatze

„Was für ein Stress!"

Frustriert warf Anabella ihren Zauberstab in die Ecke und ließ sich auf das Küchensofa plumpsen.

Ihre Mutter hatte den Haushalt immer mit einem Schwung ihres Zauberstabes und dem Murmeln einiger Zaubersprüche in Ordnung gehalten. Das war Anabella kinderleicht erschienen. Jetzt, wo sie allein lebte, stellte sie fest, dass es gar nicht so einfach war einen Haushalt zu führen. Jedenfalls schwerer, als sie es sich gedacht hatte. Alles dauerte furchtbar lange oder klappte nicht richtig. Der vertrackte Zauberstab machte einfach nicht das, was die kleine Hexe ihm befahl.

Das war merkwürdig, denn als sie noch bei den Eltern wohnte hatte er tadellos funktioniert. Doch eigentlich hatte Anabella ihn dort nur benutzt, wenn sie ein Glas Saft wollte oder ein paar Kekse und zu faul war aufzustehen. Ein Tippen mit dem Zauberstab und schon hatte sie das Gewünschte vor sich stehen. Jetzt musste sie viel kompliziertere Zauber mit dem Stab ausführen. Das erwies sich als gar nicht so einfach.

Das Unglück hatte schon mit ihrem Haus angefangen. Eine Hexe, die das Elternhaus verlässt, muss sich nämlich ein eigenes Haus bauen und das ohne fremde Hilfe. An dieses Haus ist sie für immer gebunden, egal wie gut oder schlecht ihr der Zauber gelingt. Das ist die Prüfung dafür, dass sie in der Lage ist allein zu leben.

Einen geeigneten Platz für ihr Haus hatte die kleine Hexe schnell gefunden. Auf einem Hügel, ganz in der Nähe der Behausung ihrer Eltern gab es einen wunderschönen Flecken, der, umgeben von blühenden Sträuchern, einfach ideal war.

So machte sich Anabella mit Eifer daran, sich ihr Traumhaus zu zaubern. Doch irgendwie gelang der Zauberspruch nicht. Vielleicht lag das daran, dass die kleine Hexe mitten im schönsten Hauszauber Hunger bekam und an ihr Leibgericht denken musste. Statt des erwarteten weißen Häuschens mit grünen Fensterläden und einer roten Tür stand plötzlich ein riesengroßer grüner Kürbis mit einem roten Dach und weißen Flecken vor ihr.

Ihr eilig herbeigerufener Vater konnte den Zauber nicht mehr rückgängig machen. Es gelang ihm jedoch, den Riesenkürbis in ein ausgehöhltes, hölzernes Gebilde zu verwandeln. Zwar sah es immer noch aus wie ein Kürbis, doch wenigstens konnte Anabella sich vernünftige Fenster und eine stabile Tür herbeizaubern. Von innen war der Kürbis recht geräumig, sodass die kleine Hexe ihre Möbel richtig gut unterbringen konnte, obwohl sie es ja mit runden Wänden zu tun hatte.

Sie ließ sich durch diesen ersten Misserfolg nicht entmutigen und legte einen Garten an, in dem sie Kräuter, wie sie für jede anständige Hexe wichtig sind, anpflanzte. Doch auch ganz normales Gemüse fand einen Platz im neuen Garten. Unter Anderem gab es natürlich auch ein Kürbisbeet. Hier wirkte der Wachstumszauber hervorragend und gerade die Kürbisse entwickelten sich nach kurzer Zeit prächtig.

Das hungrige Knurren ihres Magens weckte Anabella aus ihren Gedanken. Nun gut, dem konnte abgeholfen werden, denn inzwischen waren die Kürbisse reif. Ein besonders pralles Exemplar hatte die kleine Hexe gerade am Morgen direkt aus dem Beet in die Küche gebracht. Eine schmackhafte Kürbissuppe wäre jetzt das Richtige.

Doch um die lästige Küchenarbeit auszuführen, fehlte Anabella die Energie. Schließlich hatte sie heute schon bei dem Versuch das Geschirr abzuwaschen eine Menge Scherben verursacht. Jetzt auch noch kochen - nein, das überforderte sie total. Also klaubte sie den Zauberstab aus der Ecke und richtete ihn auf den Kürbis. Ihre Mutter hatte ihr einen speziellen Zauberspruch beigebracht, der nützlich für das Putzen des Gemüses war. Ihn murmelte die kleine Hexe jetzt. Doch mittendrin huschte ein schwarzer Schatten an ihr vorbei. Sie verhaspelte sich, versuchte den Zauberspruch so korrekt wie möglich zu Ende zu bringen und wusste doch, dass sie irgendetwas falsch gemacht hatte.

„Oh nein, nicht schon wieder!"

Vorsichtig blinzelte Anabella, öffnete die vorsichtshalber zusammengekniffenen Augen schließlich ganz und schaute sich um. Auf den ersten Blick sah alles ganz normal aus.

Doch was war das?

Es schnurrte!

Eindeutig!

Zu allem Überfluss schienen die Schnurrgeräusche von dem Kürbis zu kommen, der immer noch harmlos auf dem Küchentisch lag. Jetzt bewegte sich das Gemüse, sprang behände vom Tisch und rieb sich an Anabellas Bein. Beim genaueren Hinsehen erkannte die kleine Hexe, dass der Kürbis vier schwarze Pfoten, einen Schwanz und ein Katzengesicht hatte.

„Lilly, da habe ich ja was Schönes angerichtet", murmelte Anabella, denn sie erkannte die Katze ihrer Eltern wieder.

Lilly besuchte sie von Zeit zu Zeit und schenkte ihr meistens eine Maus, die sie gerade gefangen hatte. Offensichtlich hatte das Tier sich unbemerkt in die Küche geschlichen. Es war Anabella zwischen den Zauber geraten, was zur Folge hatte, dass Katze und Kürbis untrennbar miteinander verbunden waren. Ja, zu einem Wesen zusammen gefügt worden waren. Lilly war nun eine Katze mit dem Körper eines Kürbisses.

Den ganzen Nachmittag und Abend verbrachte Anabella damit, ihre Zauberbücher zu studieren. Irgendwie musste es doch möglich sein, den Zauber wieder rückgängig zu machen! Doch sie fand nicht ein einziges Beispiel, geschweige denn einen geeigneten Zauberspruch. Während die Kürbiskatze sich pudelwohl zu führen schien und gar nicht mehr aufhörte zu schnurren, war Anabella den Tränen nahe. Wie sollte sie ihren Eltern beibringen, dass die Katze jetzt eine Mischung aus Tier und Gemüse war.

Schließlich rauchte der kleinen Hexe der Kopf vom Lesen in ihren Zauberbüchern. Sie beschloss, es für heute gut sein zu lassen. Im Übrigen hatte sie aus lauter Schreck vergessen etwas zu essen. So bereitete sie sich einen kleinen Nachtimbiss, den sie sich mit der neuen Hausgenossin teilte. Ihre Zauberkräfte setzte sie hierbei vorsichtshalber nicht ein. Anschließend legte sie sich ins Bett und war bald eingeschlafen.

Am nächsten Morgen wachte Anabella davon auf, dass jemand an ihre Haustür klopfte. Verschlafen rieb sie sich die Augen und hoffte insgeheim, dass sie nur geträumt hatte. Doch sie kam schnell auf den Boden der Tatsachen zurück, denn die Kürbiskatze hatte sich neben ihr zusammengerollt, soweit das bei ihrer neuen Körperform möglich war. Jetzt hob sie ebenso verschlafen den Kopf und schien Anabella anzugrinsen. Wieder klopfte es, dieses Mal heftiger.

„Du bleibst hier liegen und rührst dich nicht", wisperte die kleine Hexe Lilly zu, während sie zur Tür eilte.

„Guten Morgen. Ich wollte mal bei dir nach dem Rechten schauen", begrüßte Anabellas Mutter sie und betrat das Haus. „Sag mal, ich vermisse die Katze. Hat sie sich bei dir blicken lassen?"

Betreten schaute Anabella zum Bett, wo sich nichts rührte. Ihre Mutter folgte ihrem Blick. „Was macht der Kürbis auf dem Bett?", fragte sie.

„Ähm, ja, ich wollte ihn gerade in die Küche bringen", stotterte die kleine Hexe.

Ihre Mutter schüttelte den Kopf. „Du bist heute wohl ein bisschen daneben, was. Weißt du was, ich koche uns ein schönes Kürbissüppchen, dann geht es dir gleich besser. Ich transportiere den Kürbis jetzt in die Küche und dabei zeige ich dir noch einmal den Gemüseputzzauber."

Die Mutter hob ihren Zauberstab, aber Anabella fiel ihr in den Arm. „Ich habe wirklich keinen Hunger, Mama und überhaupt ... ich hasse Kürbissuppe! Ja, genau! Und ich werde alle Kürbisse aus meinem Garten verbannen! Das Haus ist mir schon kürbissig genug."

Wieder schüttelte die Mutter den Kopf.

„Kind, was ist denn...", weiter kam sie nicht, denn Lilly regte sich. Sie sprang mit einem Ploppgeräusch vom Bett und strich Anabellas Mutter um die Beine, die dies mit offenem Mund geschehen ließ.

Schließlich räusperte sie sich. „Was hast du jetzt schon wieder angestellt, du Unglückskind?", fuhr sie ihre Tochter an.

„Ja also, eigentlich wollte ich mir eine Suppe kochen. Die Katze hat mich abgelenkt, gerade als ich den Zauber zum Gemüseputzen machte." Anabella zuckte hilflos mit den Schultern. „Du siehst, was dabei herausgekommen ist."

„Ja, das sehe ich. Dann will ich mal versuchen den Schaden zu beheben."

Gekonnt wirbelte die Mutter mit dem Zauberstab, was zur Folge hatte, dass die Kürbiskatze von Boden abhob, sich ein paar Mal überschlug und wieder auf dem Bett landete. Allerdings hatte sich an ihrem Äußeren nichts verändert. Noch einmal versuchte Anabellas Mutter ihr Glück. Dieses Mal hob Lilly ab, drehte sich wie ein Kreisel und landete auf dem Tisch, wo sie versuchte auf die Beine zu kommen. Doch schien ihr ganz furchtbar schwindelig zu sein, denn sie torkelte und wäre um ein Haar vom Tisch gefallen.

„Ich fürchte, ich kann nichts machen", sagte die Mutter genervt. „Du hast einen Zauber verwandt, den ich nicht auflösen kann. Das kannst du nur allein. Ich hoffe du findest bald heraus, was du falsch gemacht hast. Ich glaube ich sollte jetzt lieber gehen."

„Na toll", dachte Anabella, während sie hinter ihrer Mutter die Tür schloss. „Ich scheine ein Problem mit Kürbissen zu haben."

Sie wandte sich Lilly zu, die sich von den Zauberaktionen der Mutter erholt zu haben schien. „Was meinst du?"

131

Dieses Mal grinste die Katze tatsächlich.

„Was soll's", schien sie sagen zu wollen. „Ich fühle mich ausgesprochen wohl."

Die kleine Hexe ging in die Hocke und strich Lilly über die Nase. „Na dann. Irgendwie sind wir beide einmalig, was. Und jetzt mache ich uns ein ordentliches Frühstück. Aber ohne den Zauberstab - vorsichtshalber."

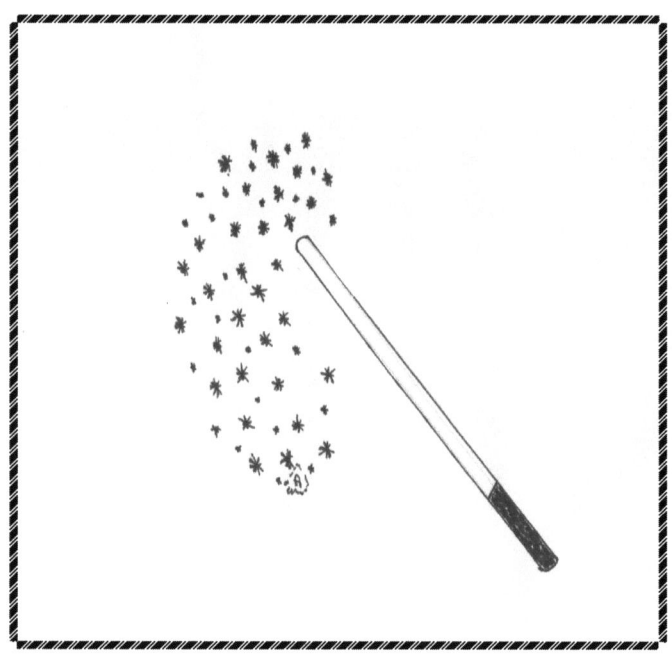

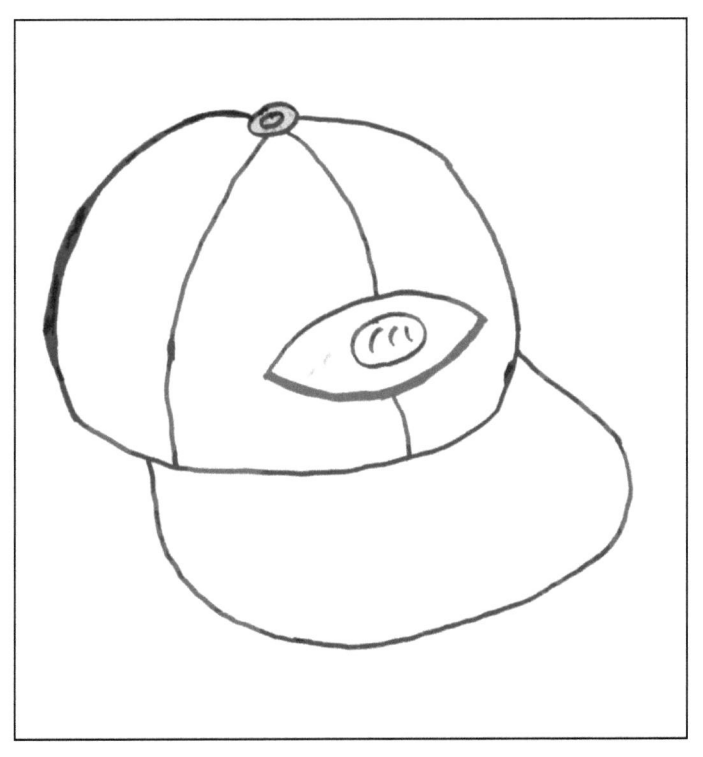

Der Zauberhut

Eigentlich hatte alles damit angefangen, dass Felix Mutter wieder einmal herummeckerte. In diesem Fall konnte er wirklich nichts dazu. Er war sich sicher gewesen, sein Lieblingscappy in die Tasche gesteckt zu haben, doch da war es nicht. Er durchwühlte erst die Tasche, dann den Rucksack, dann sein ganzes Zimmer, anschließend das Haus, doch die Kopfbedeckung war und blieb verschwunden. Natürlich bemerkte seine Mutter, dass er überall herumkramte und stellte ihn zur Rede. Was blieb Felix anderes übrig, als ihr von seinem Verlust zu berichten. Auf das folgende Donnerwetter war er überhaupt nicht vorbereitet.

Wie seine Mutter sich wieder einmal anstellte! Schließlich war es doch sein Lieblingscappy, das verschwunden war und nicht ihrs. Das war schon schlimm genug, da musste er sich nicht auch noch anhören, wie schlampig er wieder einmal mit seinen Sachen umging. Doch er wusste aus Erfahrung, dass er seine Mutter nicht unterbrechen sollte, sonst würde die Strafpredigt doppelt so lange dauern. So ließ er alles einfach über sich ergehen, guckte möglichst zerknirscht und schlich sich bei der nächsten Gelegenheit aus dem Haus.

Draußen atmete er erst einmal tief durch. Das war überstanden. Schade, dass sein Cappy nicht wieder aufgetaucht war, es hatte perfekt gepasst und ihm immer Glück gebracht. Missmutig kickte er einen Stein vor sich her.

„Du guckst aber blöd aus der Wäsche!"

Felix sah auf und blickte in ein Paar blau funkelnde Augen, die zu einem runden, stupsnasigen Gesicht gehörten.

„Selber blöd", grinste er zurück, denn der Junge vor ihm sah ziemlich lustig aus.

Er war dick, trug ein rosafarbenes T-Shirt und steckte in speckigen Lederhosen mit Latz. Auf dem Kopf trug er ein Cappy, das verblüffende Ähnlichkeit mit Felix verschwundener Kopfbedeckung hatte.

Felix wies anklagend darauf. „Du hast mir mein Lieblingscappy geklaut, du Bazi!"

Der Junge griff sich an den Kopf. „Du spinnst ja, ich habe das Ding schon seit meiner Geburt auf. Meine Mutter hat es mir angepasst. Es sitzt immer wie angegossen, denn es wächst mit meinem Kopf mit, weil es eigentlich ein geheimer Zauberhut ist. Was soll ich da mit deinem stinknormalen Cappy anfangen?"

Felix musterte den geheimen Zauberhut. Beim näheren Hinsehen unterschied er sich doch von seiner Kopfbedeckung. Er hatte eine leicht andere Farbe, irgendwie mehr rosa, so wie das T-Shirt des dicken Jungen. Felix Cappy war leuchtend rot gewesen.

„Seit deiner Geburt hast du das schon auf? Sieht aus wie neu", merkte er an. „Was kann es denn alles zaubern?"

„Oh, es kann eine Menge. Zum Beispiel Bonbons machen."

Der Junge griff blitzschnell an seinen Kopf und drückte Felix ein paar zermatschte Weingummis in die Hand.

„Probier' die mal, sind gerade hergezaubert", verkündete er stolz.

Felix schüttelte die klebrigen Bärchen ab. „Ihh, die sind ja ganz feucht. Kannst du nicht lieber verpackte Bonbons machen? Oder lieber eine Dose Cola?", fragte er hoffnungsvoll, denn er hatte plötzlich einen großen Durst.

Wieder griff der Junge sich an den Kopf und plötzlich klimperten einige Münzen in seiner Hand. „Ich glaube wir kaufen uns lieber Cola und Bonbons, du meckerst sonst wieder herum."

„Heute bezahle ich mal ausnahmsweise", flüsterte der merkwürdige Junge Felix auf dem Weg zur Supermarktkasse zu.

„Wie meinst du das? Wenn du klaust, dann will ich nichts mit dir zu tun haben", sagte Felix entrüstet. „Was meinst du, was das für einen Ärger gibt, wenn du erwischt wirst."

Der Junge warf sich in die Brust. „Ich werde niemals erwischt, dafür sorgt mein Zauberhut. Er kann mich nämlich unsichtbar machen."

Langsam wurde es Felix zu bunt. „Hör doch auf mit dem Quatsch. Unsichtbar! Ist das vielleicht eine Tarnkappe, was du da aufhast? Das ich nicht lache!"

Als Antwort drehte der dicke Junge das Cappy auf seinem Kopf, sodass der Schirm in seinem Nacken saß, doch das kriegte Felix nicht mehr richtig mit, denn sein Gegenüber war verschwunden.

„Hey, was soll das ... wo bist du hin ...", stammelte er.

Jemand tippte ihm auf die Schulter und er wandte sich um. „Ich heiße übrigens Ambrosius", sagte der dicke Junge. Jetzt saß des Cappy wieder richtig herum auf seinem Kopf.

Felix musterte ihn ehrfurchtsvoll. „Wie hast du das gemacht?"

Ambrosius hüpfte vergnügt auf und ab. „Och, das ist ganz einfach, ich drehe meinen Zauberhut und schon bin ich unsichtbar."

„Darf ich auch mal?"

„Vielleicht nachher, jetzt habe ich erst einmal Hunger auf süß - sauer", Ambrosius bewegte sich hüpfend in Richtung Kasse. „Süß und sauer", sang er und warf abwechselnd eine Tüte Gummibärchen und eine Tüte saure Drops in die Luft.

Felix beeilte sich, um ihm zu folgen, denn schließlich sollte der dicke Junge auch noch die Cola und die Schaumküsse bezahlen, die Felix trug.

„Darf ich jetzt mal?", fragte Felix mit vollem Mund.

Die beiden Jungen saßen einträchtig auf der alten Gartenbank, die ganz hinten in Felix Garten stand, und stopften sich mit Süßigkeiten voll. Henry, Felix Hund, hatte sich zu ihnen gesellt und bannte sie hoffnungsvoll mit seinem Blick. Ambrosius musterte ihn einen Moment. „Na gut, hier hast du auch was."

Er warf dem Hund einen Schaumkuss zu, den der geschickt auffing und mit Genuss verzehrte.

„Ganz schön verfressen", nuschelte Ambrosius, während er sich einen ganzen Schaumkuss in den Mund schob. „Jetzt kannst du den Zauberhut meinetwegen probieren. Aber nicht,

dass du mir nachher abhaust, wenn du unsichtbar bist", wandte er sich Felix zu.

„Ach wo, ich will's nur mal ausprobieren. Du
kannst mich festhalten, dann kann ich nicht
weg!"

„Gute Idee", grinste Ambrosius mit schokola-
denverschmiertem Mund. „Ich mache einfach
deinen Gürtel an meinem Hosenträger fest,
dann kannst du nicht entwischen."

Er schritt sofort zur Tat. Der Gürtel war etwas kurz, sodass sich Felix auf die Bank stellen musste, aber das war ihm egal. Hauptsache er konnte den Zauberhut ausprobieren.

„Fertig?", fragte Ambrosius. „Du musst das Cappy so drehen, dass der Schirm nach hinten zeigt und dir ganz doll wünschen unsichtbar zu sein, dann funktioniert es."

Ehrfürchtig setzte Felix sich die Kopfbedeckung auf, sie passte wie angegossen, fast besser als sein Lieblingscappy. Mit einer entschlossenen Bewegung drehte er den Schirm, schloss die Augen und dachte fest daran, unsichtbar zu sein. So verharrte er einige Minuten. Ambrosius Stupser ließ ihn die Augen öffnen. „Ich glaube du hast nicht genug gewünscht, ich kann dich sehen."

Auch Henry schaute interessiert in Felix Richtung. Der nahm enttäuscht das Cappy ab. „Bestimmt funktioniert das nur bei dir, schließlich ist es dein Zauberhut."

Ambrosius hatte sich über die Gummibären hergemacht, gab aber wenigstens Henry welche ab. „Nö, mein Zauberhut macht jeden unsichtbar, der den Trick einmal raus hat. Probier' es gleich noch einmal, schließlich bist du immer noch an mir fest."

Also setzte sich Felix das Cappy wieder auf, drehte es und dachte fest daran, unsichtbar zu sein. Ambrosius Grinsen ließ ihn den Zauberhut wieder abnehmen.

„Siehst du, wie ich es gesagt habe, es funktioniert nicht!"

Den Mund voll saurer Drops schüttelte auch Ambrosius den Kopf. „Es ist hoffnungslos mit dir. Selbst der Hund kann sich besser unsichtbar machen als du."

Mit einer entschlossenen Bewegung nahm er Felix das Cappy aus der Hand und stülpte es Henry über den Kopf.

Auch hier passte sich die Kopfbedeckung perfekt der Kopfform an. Der verblüffte Hund spuckte den sauren Drops, an dem er gekaut hatte, aus und schüttelte den Kopf, dass die Ohren nur so flogen. Doch statt abzufallen, drehte sich das Cappy auf dem Hundekopf, der Schirm befand sich plötzlich hinten und Henry verschwand.

„Scheibenkleister", brüllte Ambrosius und versuchte sich mit einem Hechtsprung auf die Stelle zu stürzen, an der er den Hund vermutete. Doch hatte er ganz vergessen, dass sein Hosenträger mit Felix Gürtel verknotet war. Die beiden Jungen fielen von der Bank. Trotz aller Hast dauerte es eine Weile, ehe sie die Knoten gelöst hatten.

Von Henry fehlte jede Spur. Ambrosius, den Tränen nahe, versuchte verzweifelt den Hund mit den übrig gebliebenen Süßigkeiten anzulocken, doch entweder war der satt oder hatte vor lauter Schreck das Weite gesucht.

„Ich gebe es auf", schluchzte Ambrosius schließlich. „Wie soll ich bloß meiner Mutter beibringen, dass ich mein Lieblingscappy verloren habe. Bestimmt meckert sie herum und gibt mir für die nächsten fünfzig Jahre Stubenarrest."

Die Hände tief in den Lederhosentaschen versenkt stapfte er davon, ohne Felix eines Blickes zu würdigen.

Tja - was soll ich sagen. Felix und Ambrosius sind sich nicht wieder begegnet.

Henry blieb verschwunden, doch seit dieser Zeit spukt es in Felix Haus und Garten. Immer wieder verschwinden Würste und Schinken aus der Speisekammer und in hellen Nächten hört man manchmal einen Hund den Mond anheulen.

In dieser Geschichte wird nicht ge-
zaubert, aber ich glaube, dass sie dir
trotzdem gefällt.

Kaperfahrt

„Das ist aber ein kleines Boot", sagte Tim, während er die Badewanne skeptisch musterte.

„Na ja, eigentlich badet meine Mutter meinen kleinen Bruder darin", antwortete Tomte. „Aber sie ist gut geeignet. Du wirst schon sehen. Die Ränder sind so hoch, dass garantiert kein Wasser rüberkommt. Paddel habe ich uns auch mitgebracht." Stolz zeigte er auf die zwei Zaunlatten, die er mitgebracht hatte.

Die Freunde hatten letztens zusammen einen Piratenfilm angeschaut und wollten jetzt eine Kaperfahrt auf dem Nonnenbach, einem kleinen und nicht sehr tiefen Gewässer am Dorfrand unternehmen. Dazu hatte Tomte sich die Badewanne seines kleinen Bruders ausgeliehen.

„Wir können es ja mal probieren. Wenn wir uns beide hinstellen, dann passen wir bestimmt rein", stellte Tim fest.

So ließen die Jungen ihre Piratenwanne zu Wasser, wobei sie merkten, dass der Stöpsel fehlte. Schnell zogen sie die Wanne wieder an Land.

„Das macht nichts. Ich setzte mich einfach auf das Loch, dann bin ich der Stöpsel und halte das Wasser ab", wusste Tomte sich zu helfen, setzte sich kurzerhand hin und hielt die Zaunlatten griffbereit. „Du musst das Boot jetzt nur noch in den Bach schieben und schnell reinspringen."

„Meinst du?", fragte Tim und kratzte sich den Kopf. „Was ist, wenn du nicht dicht hältst?
Oder wenn ich nicht schnell genug springe?"

„Jetzt komm schon, wir sind Piraten und gehen auf große Fahrt", munterte Tomte seinen Freund auf. „Und unser Boot ist garantiert unkaputtbar."

Also nahm Tim Anlauf und gab der Wanne einen kräftigen Schubs.

Die machte einen gewaltigen Hopser und landete ein Stück weit im Bach.

Wieder kratzte sich Tim den Kopf. Wie sollte er jetzt in das Boot kommen, ohne nasse Füße zu kriegen? Das Wasser war bestimmt so tief, dass es ihm in die Gummistiefel laufen würde, wenn er zum Boot hinaus watete. Hilflos schaute er zu seinem Freund hinüber, der damit beschäftigt war, das schwankende Schiff auf Kurs zu bekommen.

„Warte, ich hole dich. Du kannst mir ja schon entgegenkommen." Tomte paddelte eifrig mit einer Zaunlatte. Mit einiger Mühe gelang es ihm tatsächlich das Boot etwas näher ans Ufer zu manövrieren.

Tim, der vorsichtig ins Wasser gestiefelt war, bekam es zu packen und hielt sich am Rand fest. Jetzt musste er nur noch ins Boot steigen.

Er hob das Bein und versuchte es über den Rand zu bekommen, was den Kahn gefährlich ins Schlingern brachte.

„Vorsicht, sonst kentern wir", schrie Tomte, dann hatte er eine Idee. „Mann über Bord! Es wimmelt vor Haien, wir müssen ihn retten bevor er aufgefressen wird. Werft ihm den Rettungsring zu", mit diesen Worten hielt er seinem Freund eine Zaunlatte hin, die Tim mit beiden Händen ergriff.

Er schaute um sich. Tatsächlich schäumte das Wasser um ihn herum verdächtig weiß. Es schien von Haifischen nur so zu wimmeln.

„Hilfe, sie kreisen mich ein und Piranhas sind auch dabei", rief er. „Schnell, zieh mich aufs Boot." Wieder versuchte er über den Rand zu gelangen, was das Boot gewaltig schwanken ließ.

„Vorsicht, sie greifen uns an. Sie wollen unser Schiff versenken und uns alle fressen."

„Ja genau, wir müssen sie verjagen." Tomte schlug mit einem Zaunlattenpaddel aufs Wasser. Tim ergriff mutig das andere Paddel uns tat es ihm gleich.

Damit schienen die schrecklichen Ungeheuer nicht gerechnet zu haben, denn nach einiger Zeit war kein einziges mehr zu sehen. Tomte ließ das Paddel sinken.

„Wir haben sie besiegt", strahlte er.

Tim nickte. „Dann kann ich jetzt in Ruhe einsteigen. Ich ziehe das Schiff nur noch etwas näher ans Ufer, damit das leichter geht."

Er machte sich gleich daran und hatte das Boot bald ganz nah am Ufer. Von hier aus war alles einfach. Er brauchte nur einen großen Schritt zu machen und schon stand er mitten im Boot.

„Das ist aber wackelig", stellte er fest, während er versuchte das Gleichgewicht zu halten.

„Stimmt", stimmte Tomte ihm zu. „Und übrigens bin ich untenrum ganz nass. Ich tauge doch wohl nicht so gut als Stöpsel." Er wies auf seine nasse Hose.

„Macht nix, obenrum bist du auch nass, weil wir die Monsterfische bekämpft haben", stellte Tim fest. „Vielleicht sollten wir die Plätze tauschen. Ich setzte mich auf das Loch und du stellst dich hin und hältst Ausschau nach feindlichen Schiffen, die wir kapern können."

Tomte nickte zustimmen. „Oder nach noch anderen Monstern. Es gibt auch noch Seeschlagen. Die sind riesengroß. Das habe ich neulich in einem Buch gesehen." Er versuchte vorsichtig sich hochzustemmen, ließ sich aber schnell wieder auf den Allerwertesten plumpsen, denn das Boot geriet gefährlich ins Schwanken, was Tim um ein Haar über Bord gehen ließ.

„Ich habe eine Idee", schlug Tim vor. „Ich setzte mich erst mal hin, dann stehst du auf. Kannst du deine Beine noch mehr einziehen? Sonst habe ich keinen Platz."

Er setzte seinen Gedanken gleich in die Tat um, fasste rechts und links fest an den Rand des Bootes und ließ sich vorsichtig in die Hocke sinken.

Tomte zog die Beine an, so gut es ging. „Mehr kann ich nicht", japste er. „Setz dich jetzt hin. Auf ‚drei' stehe ich auf und du rutscht ganz schnell auf das Loch." Er holte tief Atem. „Fertig? Eins – zwei – drei ..."

Nun geschahen mehrere Dinge gleichzeitig:

Tomte stand mit einem Ruck auf, Tim versuchte gleichzeitig auf das Loch zu rutschen. Das Boot geriet in Schieflage und kippte um. Mit einem gewaltigen Platsch landeten die beiden Jungen im Wasser. Sie prusteten. Zum Glück war der Nonnenbach nicht breit und sie sowieso nicht weit vom Ufer entfernt. So waren sie ruck- zuck auf allen Vieren aus dem Wasser gekrabbelt.

„Mist, jetzt ist unser Boot wohl gekentert", stellte Tomte fest.

„Ich hab es dir ja gleich gesagt. Es ist zu klein für uns beide", sagte Tim, zog sich die Gummistiefel aus und kippte sie um, damit das Wasser aus ihnen herauslief. „Ich glaube, wir sollten jetzt lieber nach Hause gehen, wir sind ganz schön nass geworden."

„Stimmt." Tomte stiefelte noch einmal in den Nonnenbach und rettete das Badwannenboot.

„Ich glaube, wir gehen erst einmal in unsere Garage. Da können wir die Heizung anmachen und unsere Sachen trocknen. Die Wanne müssen wir auch noch sauber machen."

Tim nickte ihm aufmunternd zu. „Klar, das machen wir. Nachher kriegst du noch Ärger, wenn deine Mutter deinen kleinen Bruder baden will. Das nächste Mal probieren wir es mit einem größeren Boot, einem ohne Loch."

„Ja, ein größeres Boot muss es schon sein", stimmte ihm Tomte nachdenklich zu. „Aber wenn das doch ein Loch haben sollte, dann bringe ich meinen kleinen Bruder mit, damit er sich draufsetzt. Ich glaube, der ist als Stöpsel besser geeignet als ich."

Angie Pfeiffer, wurde 1955 in Gelsenkirchen geboren. Sie ist vierfache Großmutter und schreibt Unterhaltungsliteratur in Form von Romanen und Kurzgeschichten für Erwachsene, sowie Kinderbücher.
Sie hat Romane, E-Books und zahlreiche Kurzgeschichten in Anthologien, Literaturzeitschriften und der Tagespresse veröffentlicht.

Home: www.angie-pfeiffer.com

Weitere Kinderbücher

Wim - der Wumpel

Weil es Julius im Matheunterricht so langweilig ist, zeichnet er ein Männchen in sein Heft. Als er es am nächsten Tag öffnet, staunt er nicht schlecht, denn es springt ihm ein kleiner Kobold entgegen. Wim ist ein Wumpeljunge und beschließt in Julius Schreibtischschublade einzuzuziehen. Das ist kein Wunder, denn dort gibt es jede Menge Radiergummis und Tintenpatronen und so etwas isst Wim am Liebsten. Der kleine Kobold wirbelt Julius Leben ganz schön durcheinander, denn er besteht darauf, ihn überall hin zu begleiten - auch in die Schule.

Für Kinder ab 8 Jahre

ISBN 978-3-8370-8316-3

Die Abenteuer von Sverre und Jonne

Sverre und Jonne sind Zwillingsbrüder, wie sie unterschiedlicher nicht sein können. Während Sverre immer gut überlegt, bevor er etwas sagt oder tut, redet Jonne oft einfach drauflos und bringt sich dadurch ab und zu in Schwierigkeiten. Als eines Tages der wilde Whudder, ein ziemlich fieses Monster, ihr Dorf bedroht, beschließen sie gegen ihn zu kämpfen. Doch sie haben es nicht nur mit dem Whudder zu tun. Auch sein Bruder Karltroll will ihnen Böses, genauso wie der Ritter Steinherz. Zudem gilt es, die Töchter des Königs zu befreien.

Auf Sverre und Jonne warten also jede Menge Abenteuer, die sie mit Mut und Witz bestehen.

Ein Buch für Kinder ab 8 Jahre

ISBN: 9783744897952

Vom Märchenwald zur Himmelstür
Lia und Leo sind Zwillinge. Eigentlich verstehen sie
sich gut. Nur heute streiten sie sich ziemlich doll und
das ausgerechnet drei Tage vor Weihnachten. Nun
sollen sie kein Weihnachtsgeschenk bekommen, sagt
Mutter. Nur gut, dass ihnen der Sandmann Amadeus
begegnet. Er nimmt sie mit ins Märchenland. Dort er-
leben sie eine Menge Abenteuer, denn nebenan, im
Gespensterwald wohnt eine böse Hexe, die es zu über-
listen gilt. Auf dem Weg nach Hause klopfen sie gleich
beim Weihnachtsmann an, um ihm zu erklären, dass
sie sich schon längst wieder vertragen haben.
Diese und zwei weitere Weihnachts- und Winterge-
schichten verzaubern Groß und Klein.
Ein Buch für Kinder im Vorlesealter
ISBN: 9783848241491

Flockes Abenteuer
Flocke ist ein verträumtes kleines Pony. Sie lebt zusammen mit ihrer Herde auf dem Hof von Bauer Robert. Eines Tages geschieht ein großes Unglück: Der
Ponystall stürzt ein und Bauer Robert kann ihn nicht
reparieren. So macht sich Flocke ganz allein auf den
Weg, um die Heinzelmännchen zu suchen und sie zu
bitten, den Stall wieder aufzubauen. Dabei erlebt sie
eine Menge aufregender Abenteuer.
Doch damit nicht genug: Kaum ist der Ponystall fertig,
geht Flocke erneut auf eine große Reise. Dieses Mal
sucht sie das geheimnisvolle Land über dem Regen-
bogen.
Ein Buch für Kinder ab 6 Jahren
ISBN: 9783739229324